波希米亚香港

廖伟棠 著

北京大学出版社
PEKING UNIVERSITY PRESS

图书在版编目（CIP）数据

波希米亚香港/廖伟棠著. —北京：北京大学出版社，2011.8

（沙发图书馆·人间世）

ISBN 978-7-301-19226-9

Ⅰ. ①波… Ⅱ. ①廖… Ⅲ. ①文艺评论－中国－当代－文集

Ⅳ. ① I206.7-53

中国版本图书馆 CIP 数据核字（2011）第 135275 号

书　　名：	波希米亚香港
著作责任者：	廖伟棠 著
摄　　影：	廖伟棠
责 任 编 辑：	张文礼
装 帧 设 计：	纸皮儿工作室·郭瑞
内 文 设 计：	麦　子
标 准 书 号：	ISBN 978-7-301-19226-9/I·2371
出 版 发 行：	北京大学出版社
地　　址：	北京市海淀区成府路 205 号　100871
网　　址：	http://www.pup.cn　电子邮箱：maizidushu@gmail.com
电　　话：	邮购部 62752015　发行部 62750672
	出版部 62754962　编辑部 62756467
经 销 者：	新华书店
印 刷 者：	北京大学印刷厂
开　　本：	890mm×1240mm　32 开本　8 印张　152 千字
版　　次：	2011 年 8 月第 1 版　2012 年 1 月第 2 次印刷
定　　价：	27.00 元

未经许可，不得以任何方式复制或抄袭本书之部分或全部内容。
版权所有，侵权必究
举报电话：010-62752024　电子邮箱：fd@pup.pku.edu.cn

目 次

5　序　东邪西毒／李照兴

第一部分　唔番屋企

13　番屋企／唔番屋企
20　那些听达明一派的少年
25　漂流Band房
30　"牛棚"自逍遥
34　香港嬉皮考
44　80后与八十后，兼论击墙之卵
53　昨夜渡轮上
59　尚未被岁月偷去的香港
64　活着的艋舺，死去的永利
70　南岛书虫
73　另一个隐藏的香港

第二部分　出离岛记

81　北望神州且观火

86　艺术这块霓虹招牌

91　有间书店

96　西九没有张爱玲

101　移动的边境线

106　香港摄影当何为?

111　香港有了文学馆

117　在电影节重省生活

123　出离的意义

第三部分　我城的礼物

131　自由在路途上发生

140　西西：回来时更诚恳和宽容

145　天真之重

152　从拜物者的乌托邦走向可能世界

163　文学与行动的辩经仪式

172　摩罗诗人的多重意义

189　和李照兴一起看戏

193　对劳动与公共空间的珍视：谢至德的记录

198　迷你噪音：社运音乐可以多美丽?

第四部分　和幽灵一起的香港漫游

205　听得白驹荣《客途秋恨》

208　男烧衣

210　女烧衣

213　薄扶林道，寻林泉居

216　圣士提反女校花园：萧红藏骨灰地

219　海滨墓园（三首）

225　春夜慢

228　雾中作

229　有人在火焰里捉迷藏

232　写完一首反战诗走出家门

234　风中作

238　雨季三问

239　皇后码头歌谣

242　回到维园

244　南昌街街头：致蔡炎培

246　查理穿过庙街

250　向大屿山致谢

序
东邪西毒

李照兴

我和廖伟棠在中国内地碰面的时间比在香港多,并且存于我们那不算真的很多的对话中(不是因为不熟,而是因为我们这两个同日不同年出生的人,其实认识得很晚),许多都是关于北京或香港的今昔交流。每次他来北京,都犹如东邪般带来一点南方的讯息。他参与的这个活动,他有感而发的那一首诗,侧面折射出我曾那么熟悉的城市之新生。而这种隔岸观火般回望香港的感觉确然有点怪异。像在谈论一个曾经亲切但现在像可有可无的朋友。如何爱一个曾经深爱如今淡漠的情人?醉生梦死倒未必,两忘江湖却相似。我身在北京上海,他来回香港和内地,我们都自觉生活在一个不属于自己的城市,又或者用我多年前的说法:在自己的城市中流亡。所以在看这一系列关于香港和内地主要以文化现象为主的文章时,最挑起我兴趣的是他用上了"波希米亚"来形容香港的某一种生活,波希米亚,带着与城市格格不入的边缘性。

我敢说这两个字眼在我们一代人心中,曾经(或甚到现在)是一种浪漫的情结。或者正是这种浪漫情结把我们各人的方位推上现今的道路。正如吸引他当年去北京的是这样的见闻：

中国原来有这么疯狂洒脱的地方，而且吊诡的就在其历史和政治的核心，我新认识的每个人都似乎在过着这样一种生活：我原来只在《巴黎，一场流动的盛宴》、《流放者的归来》、《伊甸园之门》的文字中想象过的生活，诗歌、摇滚、醉酒、爱情与决斗，几乎天天都在发生着。于是我日夜谋划，年年去北京，2001年索性从香港搬到（美其名曰自我放逐）北京，一住就是五年。

对的，如果要说得更像告解，我们那么着意去写波希米亚去写嬉皮，很大程度上正由于我们自知都不能成为真正的波希米亚人或嬉皮士！我们的现实生活并不像真正波希米亚般放任自由，我们其实都享受着不同程度计算过的安全感，我们的打扮也一点都不花俏。但那不是问题。因为我们发现了新品种。这有点跟波布相似的品种，放到新新中国这境遇又有了新变种。如果说波布是融合了波希米亚的理想主义激情和布尔乔亚的物质享乐与保守情怀，一不小心就沦为两边不讨好的庸俗世故自保，那么我在廖伟棠身上看到的，就是一种进取入世的波希米亚。正是这种后波希米亚的特质，让我认定他以"波希米亚"来形容香港（或期盼香港）变得极有意思。

我们如果有忏悔，就在于我们没有贯彻那种反叛。是的，我们不是真正意义上的波希，原因在于我们有浪游的外表却少了彻底反叛的坚持。但这却是香港反抗文化运动的特有状态。香港的后波希米亚就是带着香港那变种嬉皮文化血缘而来的一代。

香港最初的嬉皮青年向一个积极的社会参与者的态度转变，这也是香港嬉皮异于西方的一个比较明显的特征：他们精神上很快就不颓废了，只是在生活方式、服装、艺术形式上或许还保留着"颓废"美学，对待享乐的态度也远较"革命青年"们宽容，如果非要定义，他们更接近于一群快乐的安那其主义者。

对的，另一个名字就是快乐的安那其。由嬉皮的反抗文化传统演变成后波希的包容抗争（其一手法是近年常说的快乐抗争，与协商式抗争——包括一边街头抗争一边尝试走进制度）。一切以一个自由个体的身份去思考及行动，而非首先是某一种主义的拥戴者。

在这时期的中国，由于可供参与的社会抗争不多（或有但要付出沉重代价），协商抗争无望，就只能停留在如以往港式的姿态上的嬉皮生活。像这样的退役嬉皮大不乏人。如果要做一个十年的回顾，走访当年中国的文艺控波希米亚的话，你会发现，当年的诗人、音乐人、杂志人，今天很多都有楼有车，在高级的餐馆争着付账。正如我常常讲笑：如果海子今天还活着，可能就是当今最犀利的楼盘宣传高层。有谁想到（又或者其实谁都想到），当年肖全作为圈子中人于生活当中拍下的第五代或早期的北京摇滚乐手，后来都成了中国某一个年代的符号。正如廖伟棠、陈冠中、颜峻合作的《波希米亚中国》里的人物，又已成了再新一代的大腕。

在太多这样的转型的例子中，才呈现出廖伟棠的独特。正如《波希米亚香港》中所记述的，是贴近波希文艺范儿的众生相，再加以行动者的参与实践。无论是讲香港的乐队还是诗词，那投入其中成为一分子的体验，证明他没完全脱下自己那波希米亚的身份。又或者应这样说：对于拒绝定型偏见的我们来说，谁又可说你这样做不够波希？新的波希（或任你用其他名词）就是这样既关注日常的楼价消费，又显出对文艺乃至社会事件的热情参与。廖伟棠如果不是最后一代波希米亚就是中国最先一代后波希米亚安那其。但去到最终，他是一个诗人无疑。

这点，任由世态逆转，也不会改变。

三个星期前我们在上海碰面。我来听他和疏影的创作交流会，星期天的早上都有上百人参加，这在香港将变得匪夷所思。我特意记下他的现场句子：一首诗挡不了一辆坦克，但一首诗可以创造的东西，肯定比一辆坦克摧毁的要多得多（那多么像拿诺贝尔奖时该用的致辞）。说话的背景是当被问到，面对制度的限制，年青人该如何通过诗作表达对社会的感觉。对于香港是否一个适合诗人或艺术工作者生活的城市，他说好的当然是言论自由，有时不被关注也可以是好事。坏的大家都可想象。但这并不妨碍他在香港生活。也不否定会离开香港。保持一种对世界的陌生感,认真对待生活,真诚抒发感觉——这除了是诗人的生活之外,找不到更适合的形容。

于是,诗人对于社会诸事的点滴记述也是感觉、记忆与情绪并重。综观全书主要是以文学、音乐与诗歌的香港与内地现象去贯通,而不离诗人独有的触感。

把嬉皮精神带到超越文艺圈的更多圈子中去,令严肃者学会微笑,让抗争者知道微笑和尊重幻想是对抗没有想象力的主流社会的有力武器,这就是曾经被误读为时尚的嬉皮精神最深刻的意义。

这是他对真嬉皮假嬉皮最诚恳的进言与期盼。

关于香港,他写过这样的句子:"在香港,一个异乡权充了故乡,最后仍是异乡。"这可算是与我这同日生人的最大分别,因于我而言,刚刚相反,是"一个故乡权充了异乡,最后仍是故乡"。

第一部分：
唔番屋企

"番屋企/唔番屋企"的问题，对于一个把家安在笔端的人来说，也已经不是问题。而延伸到一个岛屿——香港，这也归属于岛屿本身的气质：注定的若即若离。这样的两面性内地文化注定难以理解，当代的香港，既是保有强大的广东家庭传统的世俗社会——因此要"番屋企"饮汤，也是公民社会意识日益成熟的理性社会，因此会"唔番屋企"上街发声去。

番屋企/唔番屋企

"番屋企"是粤语,就是"回家"的意思,我在香港零星的和一些乐队合作排练的经历里,经常听到这句话——"我要番屋企食饭了,今晚阿妈煲了汤"——说话的是一个朋克女鼓手,或者一个画了黑眼圈的哥特吉他手。这种场景错置令我来自北京的朋友受不了,这些承载着叛逆符号的香港80后青年竟然都是乖乖仔。当在他们眼中是"波希米亚诗人"的我也说"我要番屋企食饭",大家就崩溃了。

因此,"唔番屋企"在香港就是很叛逆了。离家一百多年,回归就是"番屋企"?名义上是如此,但心理认同是另一回事。回归十一年,大多数香港人,尤其是文化艺术圈中人感觉到的是"未番屋企"——这一方面是因为大陆文化对香港文化的误解(对香港通俗文化的"错爱",对香港严肃文化的忽视),另一方面也是香港主动地不靠拢作为主流的大陆文化。面对大陆文化艺术的"强势",香港默默地选择了"唔番屋企"的态度,从未必认同到不苟同、从学习到疏离、从争取地位(在大陆等级意识强烈的文艺圈子中)到无所谓,香港文化的独立面孔渐渐清晰起来,虽然因此获得的误解也更大起来。

有过一次有趣的误会/分歧，香港地下乐队"盒子"成立二十周年，他们推出新音乐剧《蓝胡子城堡》加纪念专辑。为此，他们分别约了我和北京乐评人颜峻写点东西，因为我们都听过盒子。颜峻和我是好友，兴趣点分分合合，在精神上倒常常殊途同归。但没想到文章出来，观点差异颇大。

2001年我去北京生活，随身就带了一张盒子的《番屋企》，一个人住在十里堡农民日报社中租来的小屋里，龚志成的手风琴和彼得小话的呢喃常常是从黄昏响起，孤寂、荒芜，和窗外的暮色一起沉入夜。当时，还没想"番屋企"，北京狂乱的魅力正枝繁叶茂地展开，还没有闻到成熟或者腐烂的意味。

颜峻就住在和我一条马路之隔的晨光家园，我记得我给他听过盒子《番屋企》，我当时还在沉迷于Tom Waits，他已经远离。2007年时，"都2007年了，我仍然不知道盒子从哪里来，要到哪里去"。颜峻在他写的关于盒子的文章中说。

不知道从哪里来无所谓，但为什么要知道到哪里去呢？这是我和颜峻最大的分歧，也许也是香港和北京的分歧——虽然我从不认为自己代表了香港，颜峻也不认为自己代表北京。就说现在，北京现在太知道自己要往哪里去了，北京艺术、音乐也太知道自己要往哪里去了，我的北京艺术朋友也太知道自己要往哪里去了。老实说，这让我感到没意思。

在作为专业艺术家的北京看来,香港艺术和艺术家都像玩票似的,他们不知道经营自己,在国际艺术圈上基本没有地位,作品没规模,三天打渔两天晒网……当然客观地说也许是因为香港的经济环境造成的,作为艺术家你饿不死也不可能发达,你需要一份正式工作维持生计使你不能孤注一掷地玩狠的,玩狠的也没有用,没人当回事。

这样无意造就了香港艺术的自由滋生状态,不容否认,这种状态滋生了大量不成熟的甚至稗类,但也让部分优秀者能清醒、独立地生长,不去计较一个纯粹的艺术圈子内的竞争、比较。在地下音乐界这样的名字有黑鸟、盒子、Huh?!、噪音合作社等,黑鸟和噪音合作社自不待言,他们的意义在于广义的政治、民众抗争、异议文化上,盒子和Huh?!则只在自己的脉络上寻找自己的意义。

尤其是盒子——龚志成和彼得小话,音乐在他们的生长中只是盒子之一面,他们的每次演出都为这盒子增加奇异的一面。龚志成有美国学院派实验音乐背景,彼得小话更有趣,他还是一个童话作家、插画家、诗人和演员,这些各领域的养分混杂在盒子的音乐中,长出的不是纯粹以音乐辨识的音乐。当然这种无心插柳的培育方式也产生无数歧义,像这次《蓝胡子城堡》的音乐便过分受制于剧场演出,编制上几个高手如李端娴、周展彤和张以式的加入,反而削弱了龚志成和彼得小话两人单纯结合产生的寂寥张力，也造成一个口味更刁的听众像颜峻，感觉"这些乐手，对我来说是有点太像棚虫(指专门替人录音伴奏的乐手)"，龚志成和彼得小话之间心有灵犀一拍即合，但其他乐手的音乐思想和彼得小话明显有隔，彼得小话也不在香港生活多年，他们的合作所以显得机械。

好吧，让我们离开盒子，回到原来的论述上来。香港艺术的无人关心，既造成香港艺术家的刻意低调和退守性格，也培养了少数人的内秀、坚决。前者在香港艺术中显见，香港艺术家常常先把自己打上一耙，自嘲艺术，那样所谓的公众就没法笑话我们的艺术了；香港艺术一直反对宏大叙事，避之犹恐不及，反复强调艺术也是平凡的，大家玩玩罢——颜峻看到的娱乐表象正来自此。的确也有人培养出了娱乐智能，和公众以空斗空，最后落得一声冷笑。实际上他们内心都很认真，娱乐只是无奈的面具。

许多优秀的人，在香港的冷漠空气中，竟然养成了一种"死便埋我！"的气概。这是一种痛快、豁达，当然也是经历无奈和挣扎之后的决绝。这样的人，很少，但按比例来说，不会比北京少。他们很多都是一个领域的先锋，就音乐来说吧，比如说作剧场音乐、low-fi即兴音乐，现在参加抗议民谣组合"迷你噪音"的陈伟发；曾经和刘以达组香港最早的电子乐队、现在做极简音乐的Simon Ho；前面提过的黑鸟，他们在70年代开始创作政治朋克音乐，现在则在基层从事文化抗争，他

盒子乐队二十周年演出

们追寻的意义,早已超出了"艺术"的狭隘范围。

如果走到了这一步,"从哪里来,要到哪里去"都无所谓,"番屋企/唔番屋企"也无所谓,这是一条只有自己知道的不归路,既无掌声也无笑骂,说不定有一天走到一个谁也意料不到的地方,即使有百分之九十的可能消隐路上永远湮没无闻,也无所谓了。

当然这也是"绝望"的,就以我熟悉的香港文学为例,小说方面,年老的刘以鬯,从50年代至今写了大量实验性极强的小说,前卫性大大超越其同代内地小说家;1999年法国新小说大师阿伦·罗伯-格利耶访港,专门去拜访他,像这样一个重要的作家在内地几乎是没人知道的——少数知道的,也是因为留意到王家卫《花样年华》中引用了多句刘以鬯小说《对倒》的文字而已。比刘以鬯年轻一点的西西,更年轻的黄碧云、董启章,在港台和海外影响都很大,著作甚丰,却到近两年才有内地出版社出版他们的作品。至于诗歌方面,有一个非常前卫的诗人蔡炎培,60年代就写了大量尖锐且沉重的诗篇,90年代被提名过诺贝尔文学奖,同时代内地能与之比较的也仅有一个昌耀而已,香港读诗写诗的人中知道昌耀的肯定不下百人,内地知道蔡炎培、读过蔡炎培的有几个呢?

但黄碧云、董启章等聊到这一点的时候,都淡然一笑:无所谓。我知道他们在写作本身上绝对不是"无所谓"之人,董启章为了写他的长篇小说"自然史三部曲",辞去大学教职,蜗居准乡间,已经完成前两部《天工开物·栩栩如真》和《时间繁史》,皇皇数十万言,在喧嚣繁华的香港,那是需要多耐得住寂寞的心才能完成的劳作?黄碧云早在90年代就已有盛名,她却为了学习弗罗明戈舞蹈远赴西班牙,抛下香港的读者,这是何等无所谓呢?但在不再年轻的年龄坚持学习弗罗明戈、进而把弗罗明戈舞及舞者的痛和爱融入新的小说中,这又是何等"有所谓"?

"番屋企/唔番屋企"的问题,对于一个把家安在笔端的人来说,也已经不是问题。而延伸到一个岛屿——香港,这也归属于岛屿本身的气质:注定的若即若离。这样的两面性,内地文化注定难以理解,当代的香港,既是保有强大的广东家庭传统的世俗社会——因此要"番屋企"饮汤,也是公民社会意识日益成熟的理性社会,因此会"唔番屋企"上街发声去。

那些听达明一派的少年

忆达明，意难平。

这个下午，我在家中重听达明一派。不是旧居，不是烧信，但心情黯淡倍之。15年前，这些决绝、放浪的歌曲是一个小城少年借以逃避外界的滚滚俗流的唯一避难所、唯一谈判依据——就好像真的能够谈判什么似的，实际上这是我们昭示自己与众不同的自卫匕首而已——你有天王，我有达明。我想那个年代每个在内地和我一样沉溺于达明一派的少年，都有和我同样自暴自弃式的骄傲。

这种骄傲是孤独和自怜的，继而落寞，继而黯淡。然而对于少年来说，又有一往无前的诱惑和鼓动：关于上路、关于叛逆、关于决裂。同时，达明一派也开启了我们的音乐感官之门，厌倦了模式化流行节拍的耳朵突然仿佛奇花盛开，每一根弦线的颤动都令人浮想联翩，像《今夜星光灿烂》、《马路天使》这些经典都带着急速倾泄的美，在"恐怕这个璀璨都市光辉到此！"和《马路天使》焦炽的吉他的催谷下，狭迫空气中的少年早已奔驰在别处的异样生活中去了。

黄耀明,摄于人山人海的排练室

填词人周耀辉是达明一派背后的重要灵魂

《今夜星光灿烂》等歌曲展示的另一个城市的悲情和不安，少年难道不能体会吗？不然，少年也刚好在前两年的运动中经历了他的成人礼，鲁迅的虚无主义被他重新领略，艾伦·金斯堡、特拉克尔等的颓废诗篇也排着队进入他的黑夜，达明一派的那些文艺歌名《爱在瘟疫蔓延时》、《半生缘》、《后窗》所指涉的原作也陆续窥见。站在海边眺望珠江三角洲对岸的小岛，也是一样的蝼蚁众生，那个伟大城市和别的伟大城市一样会经历盛衰，"何必对自己的盛衰这么介意呢？"这句话，15年后不再是少年的少年在旺角或者中环的黑夜中说出。

达明一派也经历多番盛衰，他们首次分开的时候，许多听达明一派的少年也在音乐的广阔世界上分道扬镳：有的跟着另一个神话Beyond走向摇滚、走向"魔岩三杰"、走向重金属然后永远死硬于此；有的找到达明一派的祖师，听David Bowie，听英伦电子，听实验舞曲，越走越远；有的仍在凄美中不能自拔，寻找到更丰富的替代品，Joy Division、4AD、哥特……生活也一样南辕北辙，或者从这些禁色歌曲的异想世界中跌进那个"正常"的主流社会，或者在一意孤往的对抗中伤痕累累，少年老矣，日后听到那首《晚节不保》应该欷歔："谁介意晚节会不保，笑一笑已苍老"，但是可幸的是，我们还没有晚节不保。我们仍然会在一个人的时候，重听一首平常心的《那个下午我在旧居烧信》或更伟大的《石头记》，再加一首《皇后大盗》，不禁神采飞扬，因为我们仍然是少年。

以前的达明一派，即使在最颓废和悲情的时候，都有一股少年心气。《石头记》之所以伟大，是故园风雪后的亢龙有悔，毕竟曾经是亢龙。陈少琪和周耀辉的词也总流露着少年任侠之意，叫人骚动，准备去迎接青春的残酷。之后林夕和黄伟文竭力继承这股"达明味"，但林夕太多情，伟文太时髦，现在的黄耀明太入世，唯恐落后于潮流。于是，难见旧日达明一派之清高。专辑《信望爱》已经是这独舞的最后一跳，其中《忽尔今夏》、《舞舞舞吧》都堪称绝唱，之后的黄耀明就走向新的乐园去了。

少年们仍然听着这15年变化的／不变的明哥、达哥和达明一派，就当照镜子，时而从那华丽中照出苍凉来，时而从那醉意中回忆出狂傲来。

漂流Band房

在香港俗语里，"Band房"就是乐队排练室的意思。香港有数百支地下摇滚乐队，他们没有公开的演出场地（连酷一点的酒吧都没有），都是自己租了便宜的房子排练，呐喊、发泄、"穷快活"。作为一个永远弹不好吉他的准摇滚青年，我曾经混迹于他们之中，比混于文学圈更自在快乐，我也有一个常常去的Band房，在那里喝酒唱歌，度过这十年里许多隐秘的时光。

这个Band房的故事，先要从Band房的主人阿高和查理说起。第一次见阿高和查理是1997年在一个画家的画室派对上，阿高腼腆地坐在画室一角，查理则自顾自地一直在院子里玩滑板。我越看越觉得厚嘴唇的阿高除了肤色偏白一点，像极了我热爱的60年代吉他大师Jimi Hendrix，于是以此为由和阿高攀谈起来，原来他也极其喜爱60年代文化，自己画画和玩音乐，我们一下子谈得兴高采烈。但之后是两年没见。

1999年的夏天，我在旺角经营一家生意惨淡的文艺书店。我天天在柜台伏案看书，一天抬起头，看见阿高很憨厚地对我微笑。原来阿高在

唐三Band房窗台倒影出对面的唐楼

离旺角不远的大角咀上班，工作竟然是糕饼店的面包师傅。他每天在面包店工作10个小时以上，每周休息一天，而这一天，他会约上查理（设计师、低音吉他手）、小曼（插画家、女鼓手）和我，到他们租的一间位于葵兴工厂区的Band房玩，画画、玩音乐、看影碟，或是无尽的穷聊。这样的厂房在九龙的葵兴、观塘一带非常多，自从90年代大量厂家北移到广东，那些老工厂大多空置，以极低的租金出租，结果成了渴望自由的年轻人的乐土——比如说阿高他们租房子玩的那座大厦，起码有20支地下乐队驻扎于此。而且这些简陋的工厂也可以让年轻人发挥无穷的精力和想象力，每一间Band房都有它独特的设计，像阿高他们，就把房子漆成了60年代风格：大门上是伍德斯托克音乐节的海报；吉他上的白鸟、壁画和家具都是Beatles《黄色潜水艇》的迷幻色调。

　　Band房是我们珍贵的独立空间，拉上窗帘、放上Beatles的黑胶唱片、点亮那个从跳蚤市场买来的舞池转灯，世界就和我们无关。我当时也是个郁闷的文艺青年，除了和他们一起即兴玩音乐（我吹着跑调的小号，因为吹不好所以显得很实验），就是以他们为题材写了很多首诗，其中有一首叫《阿高在街上弹吉他，在Band房睡觉》，里面这么写：

　　　　过了子夜，大角咀街道
　　　　更加兴旺，箭头和垃圾交织着网罗我们的网。
　　　　电吉他轰轰烈烈呼唤着，工厂大厦却空无一人。
　　　　于是静静的，我想起我们看过的电影里

纽约街头涂鸦的青年们，他们的画惊奇、鲜艳，
就像我们在Band房地板上做的梦，画着贫民区的大麻。
于是我们走吧，在沉到海底之前大声叫喊吧！
在我们全都睡着的时候，阿高才醒来离去，
因为凌晨他要到大角咀的面包店上班。阿高，
"快把那炉火烧得通红"，烘烤我们的黑夜。

就是这样的，阿高太累了，总是在我们的震耳乐音或者高谈阔论中睡着。

我们半夜也常常在Band房打地铺，后来我还写了一首《冬天早晨在Band房醒来写给女鼓手小曼的黎明俪歌》：

夜莺飞过荒凉的葵兴，爱上了在工厂区
空置大厦中迷路的陌生人。
吉他在痛饮，贝斯吸入酒精，鼓已经脸红——
电风琴晕眩旋转。我们把翅尖浸入花蜜中
为了忘记越冬的飞行……后来还谈到你们的画和音乐，
还有我的诗。"我们怎么办？被世界吞没
甚至没有叫声。"但乐器飞过来吧：
吉他愤怒，贝斯包围，鼓挥拳打出——
电风琴把血舔干净。

天亮了，我在冰冷地板上

无法再入睡——夜莺飞过你们荒凉的梦境，

带走了在歌声中迷路的陌生人。

    Band房最初在南丫岛，后来那里挤满了游客，他们就搬到了葵兴。在葵兴，我们的临时乐队叫做"唐山大兄"，录过一首歌叫做《Big Baby》。前年，他们又搬到了上海街的一座"唐楼"里，那里原址是个小妓院，现在在大阳台上望过去街对面，还能看见一样格局的另一家小妓院。我从北京回到香港，又加入了他们。阿高成了专业的漫画家，出版了自己的漫画集《红鼻子》。后来，查理还在Band房拍摄了他的第一个电影短片《塔塔湖水怪》，最后一个镜头里，我们所有朋友全都出现了，高歌笑星卢海鹏的《几许疯语》，最后，卢海鹏也出现了。

    对于我们来说Band房就是我们的香港。不管咫尺之遥就是全香港最喧嚣的街道，我们还是听我们的黑胶唱片、弹我们的跑调乐器、喝我们喝不完的啤酒，微醺中，随着Band房漂过来漂过去，就像藏身于一个不会破裂的肥皂泡。十年了，快乐一切依旧。

"牛棚"自逍遥

不知什么时候开始,作为香港非主流艺术的重要据点之牛棚艺术村也成了香港旅游局向自由行游客推荐的景点,牛棚艺术村里的艺术家们有的哭笑不得,有的却之不恭,有的微笑应对。但有兴趣到土瓜湾参观牛棚艺术村的游客非常少,而且因为交通不便、周围环境复杂等原因,有的专门来找的艺术爱好者也找不到。其实只要找到红磡码头对面香港煤气公司那几个高逾十数米的巨型煤气罐——不妨把它们视为香港的未来主义雕塑,和俄国塔特林的杰作异曲同工——牛棚艺术村一排西班牙农舍风的古旧建筑就隐藏其后。

当然,这个香港牛棚艺术村不是"文革"里的牛棚,虽然它也聚集了许多独立知识分子和艺术家。它之所以得名"牛棚"是因为它的所在地以前真的是个牛棚——牛畜检疫站兼屠房,建于1908年。由于牛棚的红砖建筑很有特色,已被港府定为第三级历史建筑物。牛棚艺术村缘起于北角油街艺术村的结束,1998年政府产业署将北角油街的旧政府物料供应处廉价招租,吸引大批艺术工作者租户,渐渐形成"油街艺术村"。可惜只维持了一年,便被政府以进行都市重建为由收回。及后几经争取,政府终于答允以三年期租约,将九龙土瓜湾的牛畜检疫站批予

牛棚荣哥在接待来自广州的艺术家易力

艺术工作者。港府并且允诺在不影响日后土地"发展"的情况下，租约可予续期。艺术村迁进了"牛棚"，这到底是隐喻着香港艺术的下放"改造"？还是隐喻着把艺术置于政府和房地产开发商屠刀的额外恩准下偷生、等待宰割？

　　反正艺术家们不管死亡阴影，自得其乐。三年租约已满，现在是一个月一个月地续租着，就像政策对艺术的缓刑。作为一个另类艺术社区，这里比北京的798细小很多，但美感胜之，围墙内空间错落有致，中央的露天饮牛场现在成了小广场，在每年10月的牛棚书展／艺术节里这里是许多非主流乐队的演出地和香港难得一见的行为艺术发生地，原来绑牛的小矮墙成了奇装异服的朋客们的坐椅，小广场后面是两个不小的展览厅，由本土艺术团体"艺术公社"经营，常常推出本地或者内地青年艺术家的展览，牛棚书展期间这里是中心展场。广场左边的屋子被香港最著名的前卫剧团"进念二十一面体"等租为办公室，也作为小型演出和演讲的场所。而左前的小空地在书展期间辟为"创意市集"供年轻人自行出售自己制作的工艺品、二手书和唱片等，也是社会运动团体宣传自己的好地方。

　　但最好玩的在右边，那边的自由精神是牛棚艺术村精神所在。先是香港最有名的行为艺术家"蛙王"的工作室，他的行为艺术就是几十年如一日地让遇见的每个人戴上他制作的青蛙面具与他合影，这更接近于和艺术开的不太高明的玩笑。旁边是活跃的戏剧团体"前进进"剧社所在，既是排练室也是直接演出的小舞台。后面曾是梁文道任院长的"牛棚书院"所在，常办哲学、文学、电影的学习班，还曾不定期出版刊物《E+E》，强调知识分子的独立性和对社会的介入。再往右是许多小间的艺术家工作室，其中最有意思的是雕刻家"荣哥"，我把他和他的屋子看做牛棚艺术村的象征：人是自由散漫的、荣辱不惊的，一边做带有批判色彩的实验雕塑，一边免费教小朋友作玻璃挂饰，还养了十多只流浪猫；工作室是永远开放的，乱中有序，序中有乱，一抬头天花板上挂满了小朋友们的玻璃灯作品，还有两幅美国玻璃艺术家的巨作。

　　牛棚艺术村和它的艺术家们也是如此嬉笑怒骂着在香港这大牛棚里逍遥游，他们是野牛，即使面临屠杀，也比外面那些天天被榨得一干二净的奶牛要快乐。

香港嬉皮考
——从"臭飞"到"无佬"到"后青年"

小时候，我们都看过王泽的《老夫子》漫画，这是一本承载香港人集体记忆的书，这记忆主要指向70年代和80年代初。在那个三四十年前的香港画图中，经常出现一个反面人物——老夫子称他为"臭飞"，"飞"即"飞仔"即"流氓"意，他长发垂肩且微卷、衬衫花乱且尖领、常叼一根烟。他喜欢撩女仔、大声唱歌、随地坐卧、说话时有语无伦次之感，因此常常被代表了正义之士的老夫子痛扁一顿，至少也教训一餐。奇怪的是老夫子也喜欢撩女仔，却没人谴责，想必是他那身民国遗服保护了他。其实这个"臭飞"，就是70年代香港市民眼中"一小撮"不上进青年的模样，而他们自称嬉皮——陈冠中译成"嘻痞"则是把双方的褒贬都合而为一了。

嬉皮刚出现在香港是以精英自居的，但到了70年代末，则已经成为青年潮流之一种——据说我爸爸回乡探亲也作此"臭飞"状，几乎叫我奶奶打出门去。那个时期，香港几乎凡事都滞后于西方世界刚好十年，70年代了，许氏兄弟和莲花乐队才开始改编猫王和披头士60年代初的歌，80年代末了，70年代英伦的朋克浪潮才影响到香港的黑鸟、午夜飞行、龙乐队、林祥焜等人的音乐风格,至于朋克装扮则迟到90年代末才比较流行一点。我碰见过比较跟得上时代的潮人只有一个如今的美发名师,1969年他十几岁,奔赴胡士托音乐节,成为40万嬉皮中唯一一个香港人。

但是在精英的层面,嬉皮精神却以另一种比较"严肃"的方式出现。最高端者,读"新马"(新左派理论当时在香港的简称),甚至付诸实践,后来早逝的社会运动者吴仲贤(1946—1994,许鞍华的《千言万语》即以他事迹改编)、戏剧家莫昭如、导演岑建勋等甚至远赴巴黎,直接投身当地青年革命热潮的余波中。他们在香港办《70双周刊》影响了不少文艺学生和激进青年;没那么高端却实际一点的,有五车书屋、前卫书屋、《中国学生周报》等,都是泛嬉皮文化气氛的推波助澜者。在他们的影响下,香港最初的嬉皮青年向一个积极的社会参与者的态度转变,这也是香港嬉皮异于西方的一个比较明显的特征:他们精神上很快就不颓废了,只是在生活方式、服装、艺术形式上或许还保留着"颓废"美学,对待享乐的态度也远较"革命青年"们宽容,如果非要定义,他们更接近于一群快乐的安那其主义者。比如说以下的这个特殊的案例:诗人芜露。

芜露这个奇怪的名字,很长一段时间在香港诗歌"现场"中"失踪"了,只有1985年出版的一本他的诗集《夜站》记录了他创作于70年代中至80年代初的约60首诗。90年代,他以另一种身份——说故事人,

雄仔叔叔在皇后码头废墟上讲故事

阿草和彩凤曾是八十后社运青年中的活跃者

另一个名字——雄仔叔叔更广为人知。近两年他在说故事之余,又重执诗笔,并常以诗人的身份出现在一些文化抗争的场合,朗诵他的新诗。

选择芜露作为嬉皮之一例来讲述,是为了从中观察一代香港理想主义者(嬉皮都是理想主义者,也是对主流社会的反抗者)的历程,以及思索他于这历程中所写、所为、所生活之给我们带来的意义。首先显著的,是芜露最早对自己的身份选择,据他夫子自道,原来起名"芜露"是取其音"无佬"的意思——也即"无政府佬",是70年代香港人对安那其主义者的戏称。不管是否戏言,香港诗人中,还从来没有一个激进到用笔名宣示自己的安那其立场的。

安那其主义是什么?安那其主义者也不愿意界定,因为有多少安那其主义者就有多少种安那其主义,"但是……有一个核心的东西,把绝大多数的反集权者联合了起来,这就是对权威的不信任,对人民苦难生活的真诚关怀。"安那其主义研究者特里·M.珀林的这个定义宽泛却准确,但是那只是安那其主义最基本的一个出发点,可以说香港有不少诗人其作品都满足这个条件,但是进一步说,安那其主义与随之衍生的嬉皮运动需要的是体现于生活上的行动,不只是作品,香港过于严密的生存规则限制了大多数诗人在文本以外生活上的自由抉择,能够逃逸于网外的人少之又少,这也是可以理解的。

在六七十年代,能进行这样的抉择的香港青年好像多一点,首先是因为国际大环境的青年反叛、嬉皮气氛的遥远波及,其次是香港经济稍稳定,对青年压力尚不大,所以很多有志者可以远走高飞。相对于早一步去法国体验政治运动的吴仲贤、莫昭如等人,芜露出国的时间稍晚,也不那么有政治性,但走的范围却非常广,他1975年去加拿大读大学,毕业后旋即去了巴黎,及后在欧洲浪游两年,回香港呆了几年后又去了英国,最后回香港,慢慢成为说故事人。

早在远行前夕,年仅21岁的芜露就写下了这样的句子:"总之 一支笔/可以是很多东西/可以是鸟/而鸟/有举翅之姿"(《一支笔》),这里面不但有对自由的向往,更有相信文学力量的隐喻;但还不止,稍后他有更理性和反思的句子:"举翅的时候/我们才发现它的重量"(《写在二十一岁》),1975年,反思自由的重量的人并不多。

他在欧洲遇见最后的嬉皮一代,作了最后的致敬:"走过'博格特利'/招呼着那些稀皮/肮脏的嘴脸/却是和善的灵魂/他们都明白/所谓战火是怎样/从政客的雪茄里烧出来。"(《伦敦一瞥》)1980年约翰·列侬之死,是嬉皮时代结束的象征,也是嬉皮精神的最后一个转折点,即使是力求超越嬉皮和约翰·列侬式泛爱主义的安那其主义者,也有同悲:"'吉他为武器/誓盟于床笫'/已是倾颓的街垒",但安那其主义者多的只是一份坚持,和提供另一个可能性:"爱就是爱 坚持/一只旌旗/谁说不可以另竖一个街垒。"(《另一个:约翰·列侬之死》)

嬉皮时代已逝，芜露——无政府佬，也是荒芜的夜露，是否也感到一种"形而上学的无路可走"？《另一个：约翰·列侬之死》同样也是诗人的一个拐点，他回到现实主义的香港，寻找在这日常化得多的世界中"另竖一个街垒"的可能性。在这种思索的过程中，他的诗歌语言也变得比较低回和含蓄，随着他搬进大埔尾的村居（大埔尾是香港"嬉皮史"的一个关键词，当时很多特立独行的香港青年群居于此处，可惜目前很多房子都已拆迁或重建了），时而参加农事劳动（香港的前卫环保分子如周兆祥等的绿色运动也风行于此时），芜露开始成为歌唱劳动和山居的逸民。这有点像美国"垮掉的一代"中从凯鲁亚克到加里·斯奈德之间的转变，他在诗中越来越注重当下，偶尔回忆流浪生涯。他选择独立于世的生活，对田园的赞美不只是传统田园诗式的，是一种立场、态度而非对天命、神秘的歌颂，就像《村居小记》所写"山中有年岁／草叶是一种／花果是一种／我们不愧／也算是一种"，其中自我的重要性是安那其主义者式的自矜，"不愧"乃齐物而不自贬。而且，新型劳动者也尝试通过自给自足来反抗资本家的消费操控，这都是那一代部分香港嬉皮青年曾经尝试过的。

"大地也受不了／终有一天／它会远远遁去／让大厦钉死在地产商的契约上……眼睛也受不了／终有一天／它们会变成新的星球／让灰色的都市自己规矩下去……市民实在受不了／终有一天／他们会再回到街道和广场／让电视为自己鼓掌……诗人也受不了／终有一天／他会发疯／一笔把这世界擦掉。"（《受不了》）1982年的香港，曾经令嬉皮者芜露发出这样的诅咒，但后来一个更成熟的、建设型的安那其主义者芜露在2006年再次对此香港发声，这次他希望的是找回这城市的灵魂，通过一寸一寸土地的抗争："都说是方寸咯就一片一片地夺回来罢/这是天星那是皇后再远些是蓝屋/对岸有西九再过是油麻地还有其他/香港人的脚步走过在那里/活得甜酸苦辣/一下子我们看得通透/都是我们的理由/叫那个躯壳停下来罢/结束那场荒谬的游荡/低头细看/方寸方寸的土地/这场运动呀我们的城市/找到了它的灵魂。"（《天星：我们的理由》）

在新资本主义世界，反抗者遭遇最大的困境是面对怀柔之力时"为何反抗"和"如何反抗"，回到香港本土，回到村居，回到最初的教育，回到和邻居的并肩战斗，这也是一个安那其主义者最纯朴最基本的策略，唯其如此，嬉皮文化才能扎根，嬉皮对社会的反抗才有了更充足的理由。

如果说70年代香港嬉皮到最终有了这样的新变，更有趣的是90年代末香港的新嬉皮最后也和他们的前辈殊途同归。80年代无嬉皮，全世界都在忙着赚钱，香港当然也不例外，甚至更加突出，70年代嬉皮在80年代或消沉、或妥协，但也还有不少像芜露、周兆祥等变成另类生活建设者。但只有经历了90年代的经济危机以后，嬉皮青年才在香港有卷土重来的迹象，相对于70年代物质开始富足青年转而求精神解放，90年代末是物质开始失落，激进青年索性反对物质。反正也赚不到钱，我们不如去写诗、去搞摇滚、去画另类漫画，那些年葵兴的工厂大厦挤满了一支支年轻乐队、不得志的青年艺术家和自甘隐匿的涂鸦手，此其时他们比70年代稍为严肃的前辈们更接近60年代嬉皮的快乐原则，不消费的玩乐——创作，就是他们对抗和嘲弄主流社会的一个好方法。

而香港社会的变化也迫使他们迅速转化，有的艺术家成名了，搬到更好的工厂大厦——火炭那里去，从火中烧出炭，正是艺术家对艺术的期许——在熔炉一般的现实中对自己的提炼。熔炉一般的现实，那不就是香港？另一些人却走到街头上去了，和香港以青年为主的本土保育运动接了轨。香港回归十余年来的政经变易，造就了一种新型文化势力的成熟，那就是香港"后青年"为主导的对本土文化、香港人身份的重新认识、认同。所谓的"后青年"这一概念，来自1997年香港一本诗选，也就是文学圈人的浪漫说法。在香港别的领域，它被表述为"三字头"、"新生代"，主要指30-40岁出头的香港新兴精英阶级，与之相对的是"婴儿潮世代"——就是主要出生在50年代目前把持香港政经高层的人。"后青年"的含义更广泛，还包含了拒绝作为精英的部分青年、非中产阶级的反叛者等等，也即是十年前作为泛嬉皮的一代。

很明显他们从文化认识、人生观取向上都异于"婴儿潮世代"以及"婴儿潮世代"的同龄草根阶层（往往是"后青年"的父辈），甚至也异于香港真正的青少年一代。比如说这两年在文化界很受重视的保护旧天星码头、皇后码头运动，在香港的中老年人中间几无反响，但是要说"集体记忆"，中老年人理应有更多，也应更反对拆卸这些回忆之地。

"后青年"更积极捍卫理想主义理念上的"香港价值"（而非商人鼓吹那一套只知道赚钱的"香港价值"），实则是他们树立未来身份的重要策略。

前文说过，90年代的经济危机导致了嬉皮青年在香港卷土重来，其后香港经济在2003年之后渐渐复苏，一定程度再现过繁荣景象，是否嬉皮又从此消亡？但是"后青年"们已经种下危机意识，对经济的繁荣保持清醒，并且要求比经济更多的东西，那就是精神。同时随着和内地的文化交流（各个层次上的，既有艺术交流上的撞击，也有自由行带来的平民文化互动）加剧，"后青年"更意识到建立自己文化认同的需要。

——从"臭飞"到"无佬"到"后青年"，香港的嬉皮潮流获得一种迥异于世界时尚外表的面貌，但这也是和60年代过后国际嬉皮的转化深深相应的，如果你不想烂在旧金山的老嬉皮小区中叼着大麻傻笑终日，你就得走上街头为自己独特的观念发声，把嬉皮精神带到超越文艺圈的更多圈子中去，令严肃者学会微笑，让抗争者知道微笑和尊重幻想是对抗没有想象力的主流社会的有力武器，这就是曾经被误读为时尚的嬉皮精神最深刻的意义——这是无论何时何地，香港、广州还是北京、石家庄，一个真正的嬉皮都应该知道的。

80后与八十后，兼论击墙之卵

五六年前，当80后在内地成为热点中的热点之际，我写过一篇文章《图解80后》，对他们，尤其对催谷这一热点的我们进行揶揄，文中有言："看得出来现在主持媒体的中年人或后青年们都很关心前青年们的生活，他们自己却不太在乎。编辑拼命想把他们引向一个预设的80后形象：不外乎物质化、快餐化、激进、享乐……但好像不是这么一回事，或者说，他们以我们想不到的方式物质着、快餐着、享乐着，同时几乎毫不激进……他们就是适合用来图解的，因为他们的单纯，他们可以说很多关于自己的话，说得很轻松。而我们，所谓的70年代生人，沉默的时候觉得愤懑，开口同时又马上感到空虚，只好默默地对自己苛刻，深藏悲观又佯装热心地帮80后制造他们的乌托邦蓝图。"

那个时候，我旅居北京，对内地的70后和80后都不满意，有一句闻一多先生在《唐诗杂论》中说的话："老年中年人忙着挽救人心，改良社会，青年人反不闻不问，只顾躲在幽静的角落里做诗，这现象现在看来不免新奇，其实正是旧中国传统社会制度下的正常状态。"我曾引用于文中，那恰像是针对当时内地知识界说的。70后曾经短暂地由一些刊物炒作了一下，迅速归于平静，这和70年代生人的低调有关，他们不像

60后人从破坏中生长——无知无畏，也不像80后人从幻象中生长——自得其乐。

就以文学为例，对今天国内的年轻作家曾造成影响的是当年的"下半身"文学，"下半身"是70后中的异数，他们以及后继的80后，张扬自己的私生活及其肉体至上的理念，一开始就以很反叛的姿势出现，但仅仅是姿势而已。文字上的刺激掩饰不了思想的苍白，他们往往把批判的激情借性进行释放，但忽略了更深的矛盾，比如说两性关系中女性的弱势地位、被消遣的位置仍然存在中国文艺圈中，这点没有得到"下半身"和80后的反思，除了个别比较有女性意识的女作家。

戏剧性的情节发生了，最激进的转变竟然出现在80后的代表——流行小说作家韩寒身上，韩寒的小说好坏见仁见智，姑且不论，但他的文风一向有种"少年心气"，近年被现实一催迫，竟燃成不顾一切的怒火。在他最近的博客文章里、演讲里流露出的悍气、逆气，都是之前80后罕见的。我觉得韩寒的"觉醒"一是来自他自己的傲气所进化成的侠气，其二来自社会舆论以及各代人对他的期许——比方说，有不少人开始封韩寒为"青年鲁迅"，以韩寒之自矜，必不愿辜负此令名。与此同时，在网络上、在twitter上，内地80后纷纷以言辞起义，一洗他们以前担当既得利益者下一代的浮乐污名。当然，也还有不少80后仍然浮乐，比如另一流行"作家"代表郭敬明，而且必须承认，后者及其粉丝仍然是80后的主流。

皇后码头最后一场party

但有了韩寒的转变，就不禁叫人对他这一代的醒者充满期许。这正是一个象征性桥梁，连结香港的"八十后"一代，虽然后者没有韩寒式的明星人物，但他们作为一个整体在最近的社会运动中的升华，在行动上甚至可以作为内地80后的标杆。从字眼上看，80后就稍为青涩、时尚，"八十后"显得沉重、有传承一点；实质上也是，80后近年的觉醒是突变式的、很大程度与网络发展同步；"八十后"虽说也与网络共生、仗facebook行义，但无可否认从反世贸运动到天星到皇后的筚路蓝缕，已经成功地在"八十后"心中树立了一杆虽然尚未清晰、但也轮廓分明的道德天平。正义与公正这两个词汇，在他们心目中具有比上几代人更多的不容辩驳性。虽然他们也仅是更广大的80年代出生青年中比较小众的部分，虽然他们也许有存在对古老价值观的原教旨主义迷恋和对政治正确的过度执著，但这也是他们的可爱之处，如果一个时代不存在这么一撮"人中之盐"，这个时代是没有希望的。

香港没有韩寒，"八十后"文化人却有诗人如洛谋、歌者如My Little Airport的阿P，还有一大帮声称"廿九几"的作家、漫画家（他们生于1980年前后，心理年龄定位为永远不到三十的二十九点几岁），他们的批判性一点都不比韩寒等逊色，而且相对于内地80后植根于虚无主义的反叛，他们的反叛却带有更多"根感"。以洛谋为例，他的诗歌一度也充满了"少年写作"的特性，其魅力在于率直敢言、意气纵横，而"少年写作"固然也有它的局限，比如说缺少反思、结构单一、过于自信等，所幸少年勇猛精进，并未止于火气。正如香港社运青年们在经历过一场一场斗争、失败、坚持、再斗争的过程之后，日益走向成熟——这种成熟不是犬儒、不是学乖，而是更饱满了自己的信念、更从容了自己的步调，洛谋近两年的诗歌也渐渐能见出这种饱满和从容来。

这种新的自信来自对运动之根的眷顾和细察，具体到洛谋的诗，可以看到的是他自觉去寻找他的诗歌原初土壤的努力，我们看到白田图书馆、苏屋的文具铺、海棠楼、重庆大厦……这是一个九龙"屋村仔"的私人地图，它们芜杂、凌乱甚至有点灰暗，但却生气盎然，更重要的是它们一起孕育了一个诗人必须的"根感"，它们成为一个声音的后盾，而同时，珍贵的在于：这个声音并没有忘记它的后盾、开始为之执言。

目前来说，这个声音并未完美，有时有点啰嗦、有点无助——它本身仍然在困境中碰撞寻找着自己，但这不要紧，这正显出那是一个有血有肉的声音。大多数时候，当洛谋叙述这些充满根感的场景的时候，他越来越沉得住气了。这一特征也见于My Little Airport和阿P最近的歌谣里，"廿九几"漫画家们最近的故事里，我期待在这种沉住气之中，他们能有漂亮的转折或飞跃，事实上我已经看见端倪。

不断革命对于一个诗人的意义就在于不断寻找诗的深度意义、异质意义。文化起义、社运抗争亦同义。革命的意义往往并不在于现实的成功，我们目睹的革命往往是失败的，因此我们的"八十后"青年又一次被喻为"击墙之卵"，卵固然会碎，但正如崔健二十年前唱的"石头虽

街头抗议中的八十后青年

然坚硬,可蛋才是生命",破碎的蛋不能孕育生命,却告诉了那些只看见墙的人生命的颜色、生命的热度。

更何况,"八十后"击墙,却未必是易碎的蛋。崔健之后最具批判性的摇滚乐队盘古挑衅地唱:"我们都是穷光蛋,我们要吃蛋炒饭,我们都是穷光蛋,我们要做原子弹!"香港"八十后"倒也不要做原子弹,但作为燃烧弹,至少是燃烧弹的导火索,他们的能量已经足够了。更关键的是他们选择了和有生命、有根感的卵同在,而不是靠墙遮荫、骑墙摇摆甚至变砖砌墙,后者何指?"五十后"、"六十后"、"七十后"中大有人在。

再考"击墙之卵",它广泛被重提主要还是源自村上春树接受"耶路撒冷文学奖"发布的演讲辞,正如我在谈村上的短文《从文化扫雪工到击墙之卵》指出,文化扫雪工和击墙之卵实乃反叛青年分流之两面,"文化扫雪工"并非针对资本主义的扫雪工,而是资本主义雇佣的优良文字机器,和时尚传媒这一资本主义宣传机构共生,于是乎一个文化批判者同时也是构成该文化的消遣的一部分,90年代后期至今,时尚出版业在中国蓬勃发展,吸纳了大量此前的反叛文化人才,那就跟70年代日本的情况一样,即使是自由撰稿人也难逃被绑架同行的命运。"文化扫雪工",村上自嘲,然而非常准确地描述了许多如今的精英。在香港,范围还能进一步扩大,与"文化扫雪工"共生的不止是时尚传媒、资本逻辑,还包括了市民道德等,"文化扫雪工"自知不自知之间,被后者用到尽。

　　"八十后"风起云涌之际,我也曾问:"七十后"何在?惊觉不少已沦为"文化扫雪工",只能在其位听"五十后"、"六十后"指挥护墙挡蛋。其实内地的情况好不到哪里去,甚至许多80后也已经加入"文化扫雪工"行列,香港的"击墙之卵"如何在未飞掷出去之前不被吸纳?光把自己击碎并不是办法,也许接下来省思"五十后"、"六十后"、"七十后"之蛋是如何变质的才是要务,因为只要有墙这一坐标存在,我们就要选择成为墙下面的扫雪工还是击墙卵,我们为什么不把这愤怒之卵好好孵育,让它变成鸟,越墙而飞呢?

昨夜渡轮上

香港，对于大多数人来说，是动感之城、魅力之都，是一个属于未来时、前进式的城市。但对于我，或者一些愿意与她窃窃私语谈情说爱的人来说，她更适合于怀旧，我们倾向于在她身上寻找过去时、旧时代的痕迹。而香港的有趣正在于她有如一片岩石的断层处，好几个年代的年轮并列盘绕在一个切面上：50年代的唐楼和20年代的警署、00年代的玻璃幕墙齐立；双层巴士经过的，是扎纸坊是漫画馆是交易中心。而且一切都仍然在运转，历史并未成为历史博物馆，历史鲜活地存在于我们身边，只要我们愿意，我们随时能进入历史之流动，成为当中的一个细节。

十年前我刚到香港生活，最爱流连的，是尖沙咀海旁的文化中心，它的美术馆和艺术图书馆我几乎每两天光顾一次。看腻了这些和自己生活相去甚远的艺术，我会信步溜达去天星小轮码头，坐只需一块八毛钱的过海渡轮，到对岸湾仔艺术中心看看免费演出，然后又带着被音乐灌得醉醺醺的脑袋再坐渡轮回来。

渡轮也许是香港最便宜的交通工具，也是香港最怀旧的一景，现在的渡轮看起来好像60年代的遗物（码头更是古风犹在）。渡轮分上下两层，上层稍贵几毛钱，多几排座位，可以看更远的海，但下层可以凭栏俯视海浪的拍打，可以窥看底层轮机房的奥妙，听到令人微倦的老机器嗡嗡哼唱，还可以看到更多的水手。上下层都是木头的磨得油光的椅子，特有的活动椅背能够翻向前后两边，随你看哪一边的风景都有倚靠。两边是木头的窗子，木框上还是原来的黄铜机关，粗笨然而恰当，如小雕塑。每一趟来回，许多仿佛梦游的人涌上，由穿着传统蓝色海魂衫的老水手带领着，咿咿呀呀的20分钟到达对岸，中环或者湾仔，迷失于那些所谓摩登都市的幻影。

怀旧的人愿意观察一切细节，比如那水手把缆绳轻巧地盘出的一个个水手结，只有他自己能够打开，船靠岸时，绳子缠紧了铜柱，吱吱的响声和迅速的滑动我们也能欣赏。夜晚的渡轮灯火泛黄，人语低沉，风稍急浪稍荡，我却想起了二十年前的夜航船，依偎的是小母亲的怀抱，欲睡之际，还闻到了邻座飘来了花生粥之香。

就像狮子山、茶餐厅，天星小轮也慢慢成为香港人的一个精神图腾物。曾经有一首著名的老歌，叫做《昨夜渡轮上》，一个中年男音缓缓唱出"夜渡栏河再倚，北风我迎头再遇，动荡是这海，也许一切无从抓住……霓虹伴着舞衣，当初醉倒狂笑异。"煞是迷乱、煞是感人。2003年Sars时期，此歌竟又流行成为励志歌曲，因为他还唱道："渡轮上，怀念你说生如战士，披战衣，最终清醒从头开始。"香港人坐在轻轻摇摆的渡轮上，时刻强调同舟共济，船虽老虽日益缓慢，但总有到岸的一天，香港人习惯忍耐，并且说："船到桥头自然直。"

十年前的一天下午，我在尖沙咀天星小轮码头售票处外面，碰见过我最热爱的香港"艺术家"曾灶财。他正在一个邮筒上面，大肆涂鸦，用钝笔浓墨书写着他那份循环重复的家谱："九龙国王曾灶财曾富堂曾荣华……"曾灶财是一个伤残的老人，他认为自己是九龙的皇帝，港英政府侵占了他的领地，于是他就以古代"告地状"的形式，在香港九龙的各个地方涂写自己的家谱，以"宣示主权"。慢慢的，香港各处都铺满了曾灶财的墨宝，有好事者开始报道之、赞美之，称之为"后现代书法"。后来曾灶财名气最盛时，是日本的著名时装设计师运用他的涂鸦做服装装饰图案，并有国际后现代文字艺术双年展正式展出他的作品。的确，曾灶财的字拙朴苍古、恣意纵横，其率真实为"书法家"们以匠心难以达到。但我更喜欢他老人家宠辱不惊的态度，无论是成为艺术传媒的焦点还是警察的驱赶对象，曾灶财还是以政府老人援助金为生，每天拄着拐杖、拎着墨水，四处留爷名。

曾灶财留给香港的字，现在只有尖沙咀天星小轮码头外书报摊旁边的那一幅算是保存得比较完整，因为香港艺术家和评论家们的呼吁，政府高官承诺了不予以清洗（但也没有予以保护）。香港电台有一个节目叫做"香港家书"，我觉得曾灶财的字、天星渡轮的摇曳、《昨夜渡

"九龙皇帝"曾灶财在尖沙咀码头涂鸦

天星小轮上的游客

轮上》的悲情，倒都是香港给我们的家书，希望我们能够读懂。香港之美，岂是宣传资料上那些金碧辉煌能够代表，那只是香港的肉，香港的灵魂在别处。

尚未被岁月偷去的香港

"鞋字,一半是难,一半是佳。"这是《岁月神偷》仿佛向我们灌输的寓言,"一半是难,一半是佳",这也是香港的况味,体验过香港道地生活的人,都知道。

《岁月神偷》是一部包装精美的童话,麦兜故事的明星级励志版,因此赚得了柏林影展同样不识愁滋味的少年评判们的热泪,顺利捧得一尊可爱的水晶熊回来。导演随之高调要求政府保育将被拆除的永利街——这条历史悠久民情淳厚的老街道,不但是《岁月神偷》的外景地,也是特首曾荫权的童年游乐处——于是理所当然地取得了胜利,这是香港近年一连串争取保留天星码头、保留皇后码头、保留"喜帖街"等失败后第一次侥幸成功。

是的,"喜帖街",这条印制传统喜帖的店铺云集的老街,因为谢安琪的歌而广为人知,但谢安琪的歌得奖的时候,这条街已经拆得只剩一片瓦砾。天星码头和皇后码头承载接纳过多少香港人的脚步、回忆,现也夷平填海,天星小轮的横渡,又短了一两分钟罢了。现在中环海边早已不闻码头老钟悦耳的报时,人人只好沉默赶路,说是岁月的手在偷盗，其实更黑的手，把岁月本身也偷走了。

犹幸香港岁月沉厚，拥有太多层层积淀的岩层，构成一座真正大都市所必备的许多神奇的飞地。一座能称都市的城市，必定如此，纽约、伦敦、东京、巴黎，它们都是藏着无数个游客们看不见的小纽约、小伦敦、小东京和小巴黎——我们美其名曰"波希米亚"地下社会。香港也有这么一个波希米亚香港潜藏其中，如果我们不畏其神秘，大可投身进去，感受只有地道香港人和来港的冒险家们能够感受的火辣辣快感。而且顺藤摸瓜，你得以透视一个城市真正的脉络——她是怎样赢得她挑剔的情人的心的？她是怎样留下她的爱人们，同时让他们自由？

香港，靠的是认真和情味。且不论永利街的鞋店和炊烟灯火，有多少属于美工的置景、导演的煽情，我却在喜帖街看过一个老人对他的铅字的怜惜，在深水埗见过一个传统花牌制作人边做最后一个花牌边流下男儿泪，因为他们都曾经认真过，并打算一直认真下去，维护那一个属于他们的香港的美丽与价值。幸好这另一个香港也以自己顽强的生命力生存下来，并绽放异样的光华。比如说上海街，游客甚少涉足之地，有民国式骑楼、四五十年代唐楼、老式夜总会与摇滚乐队排练室并存，我的一众"老少年"哥们，占据的就是最后者：大阳台、花格子地板风华绝代，一坐下就像坐在《花样年华》的布景中，一开口就变成了周璇——至少是周慕蝶。这里有另一种热闹，另一种和金钱无关的熙来攘往，每到派对时间，各种艺术家、另类青年就像

湾仔的和昌大押是被活化的典型例子

孙中山史迹路上的搭棚工人

跃出水面的鱼，绚丽备至，接喋不休。有时，我们唱Kurt Cobian，有时，我们唱许冠杰；有时，我们玩易装比赛，有时，我们打老人乒乓球，每个突然闯进的人，都会问：这是香港吗？

哦，这就是香港，尚未被岁月偷去的香港。它能容纳庙街艺人长叹"凉风有信——秋月无边——"，亦能容纳荷里活道七一吧的吉他铮铮，能留街坊情谊亦能放纵烈火青春，只要你是认真的，它便真心对你。情味何谓？好的生活就跟好的电影一样，全部由精微的细节组成，叫多少盛世口号都是空的，世无所谓盛衰，人总是要生活并且尽量微笑的，而能让我们在日新月异的世界中仍能保持微笑的，就是看到一些鲜活依然的熟悉细节——我们也可以把它称为"老相好"。甚至，当我们游走于世界上也是如此，即使我们都是过客，我们仍希望有这么一座城市，名字可以叫做"我城"的。

香港之成为我的我城，是因为它的书店、老区、人情和散漫，我曾经这样写道："我们应学会更珍惜那一个看不见的香港吧，就像对一本字墨已经有点漫涸的神秘手抄本一样，我们理应传抄不倦，好让更多人看见。"香港就是这样容纳了不同的笔迹，汇成了一幅"九龙皇帝"那样淋漓的涂鸦墨宝，仔细看之，原来是一个大迷宫，可堪流连其撇捺之间，甚至秉烛夜游，沉醉不问归路可矣。

活着的艋舺,死去的永利

半个月前去台北,到埗的下午,没有任何安排,台湾的电话号码也失灵,在台北国际艺术村住下后,我像一个幽灵,莫名其妙地飘到了万华。万华,原名艋舺。一个是日语的音译,一个是平埔语的音加意译,前者可能是日本人统治时对那里的发展期待所致,这期待当然落了空。后者,一条独木舟,却无意和台湾的命运结合成最贴切的隐喻关系。

MONGA,还有文人翻译成莽葛,想起我来这里的其中一个目的就是这家"莽葛拾遗"旧书店,芭蕉和灯笼隔开了旧书和门外公园里的流浪汉(台湾叫"街友")和独派阿伯们,收获一本80年代台湾翻译的《塞弗里斯诗选》之后,我浪荡的脚步厌进了龙山寺,然后是西昌街、广州街和华西街。

我十多年前第一次来台北,友人H就带我过板桥、来万华,逛著名的老"红灯区"华西街。除了已经年老珠黄仍倚街卖笑的妓女(H说她们是最后一代合法的"公娼"),这里还有满街的退休老伯、中青年无业游民,感觉就像香港的庙街一样。老朋友H带我穿越蛛网般的小道,一一细说三十年前他在这里度过的童年。我则一路拍了不少站在黑暗角落或是倚坐摩托上的妓女，H说：万华的妓女是这世界上最有生命力的女人，否则无法在这个混乱之地生存至今。的确，我在她们锋利的目光中就能感受到这股和命运抗衡的力量。H被一女子拉扯，好不容易走出来，神秘地笑了："她的声音很温柔啊。"

我说妓女，并无半点不敬，在我心目中"妓女"就是"性工作者"，不必刻意政治正确。十多年后我走在西昌街，仍然见到她们的踪影，她们更老了，面对镜头有从容也有躲避的，后来台湾友人Z说她们现在不合法了。回到香港，电影节上看到《艋舺》，原来俗丽的宝斗里娼寮内的妓女小凝，说不定已经是今天厚妆遮掩皱纹的站街妇人，她是否等待少年的樱花依旧？

因为23年过去了，娼寮早废，1987年，《艋舺》里的太子帮说："17岁那年，我们一起走进成人世界，并且一去不回。"这成人礼是宝斗里的呻吟、庙口的血，但也是台湾的成人礼，黑暗的电影院里我看到这句话，一个政治隐喻呼之欲出。1987年7月15日，台湾当局正式宣布解除台澎地区长达38年的戒严，开放党禁、报禁，小岛走进了真正的成人世界。

电影里的艋舺也处于这个临界点上，虽然《艋舺》不如《牯岭街少年杀人事件》般纯熟融凝历史于个人挣扎的背景中，但从反面看了又意味深长：电影里，外省黑帮介入之前的艋舺仿佛一个和谐社会，市民生活和黑帮之间形成微妙的共存关系，如此和谐简直让人怀疑这是导演的一厢情愿，但这是青春期的黑帮，冷兵器迷恋和武士道精神混杂的本土老大，在和党政合作操练了近百年的老牌外省黑帮前面不堪一击。这破坏和谐的外省老大"灰狼"（导演钮承泽自饰）同时又意味重重：对于寻找出路的青年黑帮精英"和尚"，他许诺的是艋舺的光明、强盛未来，当然是自欺欺人；对于他不知道的私生子、新晋黑帮少年"蚊子"，他是一个虚渺的"父国"梦（由一张单薄的樱花富士山明信片代表），远远比不上同吃一份炸鸡腿的GETA老大的草根父爱——细加分析，一个是混杂日本审美幻象的中国人，一个是混杂日本武士道精神的本土人，分别是菊花与剑的艋舺变种——当然两者都是"蚊子"的误读，他并无父，就如台湾。

  我并不想写一篇影评，一切都由我喜欢逛万华而起。在台北的第三天，拿到新一期《破报》，封面故事正是《翻转东西轴线的美梦——请回观真艋舺》，晚上给政大研究生讲座，被他们问起摄影的真与假问题，我们讨论的就是何谓真艋舺？小区如何在纪实摄影中忠实呈现？事缘万华办了一个小区摄影展，就叫《真艋舺》，立场大致是反对电影艋舺的，其中一个策展人就是在部落格写了《我为什么反对电影〈艋舺〉》的黄适上，他们认为艋舺是一个正面的小区，电影只强调了其恶的一面，是丑化艋舺。这个摄影展以生活在小区当中的摄影师的作品为主，但因此就理所当然更有"真"的权威吗？我看到的它也只强调了艋舺苦和苦中作乐的一面，正如《破报》记者无意记录的一幕:"游民与居民跑来看摄影展中属于自己的身影,有个阿公笑得好灿烂指着照片中的自己说:'面怎么被拍得这么苦?'"而获奖作品是一个小孩坐在小水桶中洗澡的照片,它抽离了艋舺本身的复杂性,我们只看到了结果但没有看到根源——阿公的脸为什么有苦有笑?艋舺的极盛和极衰是怎样形成的……

电影《艋舺》有意无意地触及了这些问题,虽然表达形式是暴力、冲动,而且是唯美的,但族群的微妙平衡、权力的消长暗涌、一个悬浮式小区的虚幻性,都大致有所表现,可惜无力深入,他无力追问意义,只好借流氓的话说:"意义是三小!我只知道义气"。而《真艋舺》的意义并非在于这些摄影的力量本身,而在于它提出了小区本身的话语权问题,他们说:艋舺不需要《艋舺》代言,亦不需要台北文化局利用电影来进行旅游业输血,艋舺自己,在挣扎活着。

这令我想到了我们的永利街,这被《岁月神偷》以及林郑月娥骑劫了的永利街,电影何其简单天真,硬生生把导演想象的所谓香港精神塞进几个样板人物中,结果正中政府下怀,"做人,总要信!"信什么?信房地产商的良心?信精英们的上位论?我为该片写的一句话影评是:"说是岁月的手在偷盗,其实更黑的手,把岁月本身也偷走了。"罗启锐对保育和80后的认识,和他在电影中对历史以及庶民情感的认识一样简单,同样是商业电影,《艋舺》显得比《岁月神偷》更耐人寻味一点,是因为前者拍出了现实的厄困与绝望(即使只以个人青春为喻),

台北万华小巷内

湾仔老区一角

后者只是忆苦思甜——罗导和曾特首都可以说：我就是这样长大的，通过犬儒自励，取得今天的成功。但永利街等这些沉默的街道，仍然岌岌危乎另一些成功人士的黑手，等候偶然的机会存活。

　　据说《岁月神偷》拍摄时，曾暂时移走永利街七棵日本葵树，虽然后来搬返原位，但其中两棵的枝叶明显减少，香港政府的"保育"政策大概也如此。永利保育，永利已死——如果我们不让真正的永利街发声，只是随《岁月神偷》落泪的话。艋舺活下来了，靠的不是钮承泽，而是无数个在《艋舺》之外的角色火辣辣的斗争，我们也可以说菜园村活下来了、利东街活下来了、皇后码头活下来了，因为它们在抗争中，寻到了自己的话语，纵是微弱，但却率真。

南岛书虫

有朋自远方来,带他去南丫岛,同去的还有旅居香港的一位异乡人,他永远都是异乡人。南丫岛倒是个适合异乡人的地方,这里曾经是最不香港的地方,嬉皮老外的聚居地、摇滚乐队与画家的练习室,各种奇人都喜欢住在南丫岛,比如说一个当年85美术新潮的代表画家、一个以攀岩教练及摩天大楼检修为生的吉他手、一个曾经闻名东方的工运青年……少不了的还有流浪猫狗,其实都是有主人的,但南丫岛的猫狗著名就在于它们都有一股流浪味儿,大街小巷都大摇大摆的走。

仁诗人一下船,就看到"南丫岛诗歌聚会"云云,被镇住了,原来是一个唱圣诗的聚会。从榕树湾码头走到天后庙,北京来的诗人一路上赞叹这是香港吗?才30分钟就从冰冷高楼密集的中环到了一个繁花乱开、众树簇拥开道的秘境!我告之南丫岛还不算最郊野的,大屿山、元朗、西贡都有地方更野,但南丫岛的那股70年代香港的嬉皮劲确是香港第一,虽然现在游客日多,将成为香港的丽江了。

我带他们到我常去的"南岛书虫"咖啡馆,十多年历史的地儿了,谁也没想到这家最文艺味道的小店成了南丫岛上除了海鲜餐馆外最有历

南丫岛卖旧书的老人

史的店。现在这里多了有机食品、公平贸易咖啡,但最吸引人的还是那一排书架的旧书——据说它们不断流浪,在每个南丫岛的读书人家里都有路过,最终汇聚此地。北京诗人兴奋地找到一本柳无忌翻译的《莎士比亚时代的抒情诗》,50年代香港一个书店出版的;另一位诗人发现了三岛由纪夫的《金阁寺》单行本;而我的发现是一本台湾出版的《解放神学》。

我们都是南丫岛的书虫,在门口那位白胡子老外更是,虽然他读的是一本《数独》,两只懒狗伴着他。懒是南丫岛的基调,香港罕有。我们懒洋洋地溜达到了洪圣爷泳滩,深秋天气风渐紧,海面有微微的白头浪,没有泳者但有钓客。我们在树荫下落座说书,异乡人却说起香港的另一座小岛——据说那里是香港离广东最近的一块地,与一座广东的小岛仅有百米之遥,他就在那里遥望内地,心想只要游去那个小岛他就能回家了……这并不是一个黑色童话,书店里那些流浪的书们都知道个中滋味的。

另一个隐藏的香港
——香港的二楼书店

卡尔维诺在其名著《看不见的城市》里,如此描绘马可波罗给忽必烈汗形容的梦想城市:"无论我怎样描述采拉这个有许多巍峨碉堡的城,都是徒劳无功的。我可以告诉你,像楼梯一样升高的街道有多少级,拱廊的弯度多大,屋顶上铺着怎样的锌片;可是我已经知道,那等于什么都没有告诉你。组成这城市的并不是这些东西而是它的空间面积与历史事件之间的关系。"真正的城市是看不见的。

其实香港也是一样,而且它就像每个真正意义的国际性城市一样混杂,每一样特质都有其极端相反的一面相对称存在。既然你说那是拜金都市、商业游乐场,那么它必然有着你所不知道的、另一个香港的存在,那是一个耐心潜沉到生活的深处、着眼于城市文化诡异的细节的人才能发现的世界,比如说,楼上书店的世界。

的确,你在香港的闹市中行走,如果不抬头看天的话,真的不会发现有很多素雅的书店招牌是挂在你头上的。"二楼书店"创始于五六十年代,当时香港的知识分子受国际的"革命浪潮"影响,开始注意对社会的介入和启蒙,并深感香港文化土壤的缺乏,于是他们就选出了最简单和最民间的方法:办书店。其中最有名的是陈冠中也参与创办的"五车书店"。那些书店一般很清高,所以大都经营困难,像当时有一家名为"前卫"的书店,以卖西方新左派和社会学书籍著名的,在它一进门处张贴了一张这样的告示:"请勿于乞丐钵里抢饭吃!要偷书请到辰冲去偷!"("辰冲"是当时最大的一家英文书店),被传为"佳话"。

现在香港书店业的最大敌人不是窃书贼,而是地产商。最近随着香港经济复苏,房租上涨,许多"二楼书店"都只好继续往上搬迁变成"三楼书店"、"四楼书店",甚至"十楼书店",而我最喜欢去的书店之一"梅馨书店"就位于"二楼书店"最集中的、被称为香港的书店街的旺角西洋菜街某座唐楼的七楼,要坐着70年代那种叽叽嘎嘎响的老式电梯上去的。"梅馨书店"由几个爱收集旧书的朋友所开,虽然都是谦谦书生,但气概不得了,门前对联就写着"三千道德空诸子"!当然旧书是他们的主打项目,尽是些80年代出版的文学、学术书,而且意外的是有很多诗集(很高兴发现其中还有我十多年前出版的第一本诗集《随着鱼们下沉》),我在这里买过两次80年代出版的《美国当代诗人五十家》,送给写诗的朋友作礼物。"梅馨书店"也卖内地版简体字学术书,而且它装饰清雅,设有小沙发,也是看书等人的好地方。"梅馨书店"的楼上有一家"序言书店",继承以前著名的"曙光书店"(创办者马国明是香港最早研究本雅明的民间学者之一)遗志,卖最硬的英文学术书为主,也值得捧场,而且序言书店近年几乎每周都有哲学、社会学等讲座，主讲人大都是香港风头正锐的年青学者，现场激荡、思想火花四溅。

说到旧书，其实我也是个旧书癖，但还好我的兴趣点主要集中在50年代至80年代出版的古诗集和文学研究丛书上，而不是线装书，否则早就破产了。市场经济时代来临以前的内地图书装帧朴素大方，一点都不哗众取宠，薄纸手感良好，可以"把卷"而读，而且书纸的旧香浓度适中，常引得我埋头深嗅梅花。

在旺角洗衣街生存了几十年的三楼旧书店"新亚书店"是我更常逛的店，据说该店与香港中文大学的新亚书院有点关系."新亚书店"早已成了书海，几十年的旧书层层叠叠，仿佛文化本身氤氲难辨，可这就是淘旧书快乐所在，一头扎进此海没有一个多小时你出不来，而且无论你心情如何，在这些比你年纪大多了的旧书包围中，你会马上平静、谦逊下来。"新亚书店"后来搬到附近的好望角大厦16楼去了，当然也是因为租金的原因。与"新亚书店"对称，在香港岛的旧书重镇是"神州书店"，它从中环的史丹利街搬到荷里活道，刚刚又搬到远东的柴湾，看来以后只做熟客和网络生意了。"神州书店"在五四新文学研究、历史、国际关系类的收藏超强，即使是口味最挑剔的读书人也能在这里找到忍不住惊叹的宝贝。现在中环还剩下"流动风景"和"易手宝"在坚持，不过他们的主打是英文书和黑胶唱片，这又是一个诱人的无底洞。

说罢旧书,再说新书,对于新书店,我等读书人的选择必然更挑剔。他们要求的不止是一间书店,更是一个文化场所、灵感交流的地方——也就是笑话所说:"一把石子砸下来,会砸中十个艺术家"的奇妙之地。位于九龙油麻地百老汇电影中心旁边的"库布里克书店"就是这样的地方。顾名思义,这是一家最初以电影书籍为主的书店,因为百老汇电影中心是全香港最艺术的电影院,很多文化人看完电影都意犹未尽过去看书、聊天。后来"库布里克书店"慢慢变成一个小小的文化中心,摆卖各种非主流的文化出版物、独立创作品,甚至自己也出版香港的文化批评著作、地下漫画等等,而且几乎每个周末都有文化讲座和活动,比如电影讨论会、文化前景座谈、诗歌朗诵会等,比如说他们曾经请来了周云蓬,小书店被挤得满满的,黄耀明、陶喆、AT17都来买票捧场。每个月一次的诗歌朗诵会更是小而精,也斯、顾彬、黄灿然等都曾经是座上客。虽然它在一楼,但那气氛也与楼上书店无异:布满迷宫一般的书架、排山倒海的书,中间穿插着隐藏身份的诗人。

香港这样的书店还有很多,像湾仔位于艺术家聚合地富德楼的艺鹄书店、位于艺术中心的THE BOOKSHOP,旺角位于八楼的榆林书店(有一个画家一个小说家在那里兼职)、美孚位于二楼的紫罗兰书店(三个诗人任职于此)都值得一去——与店里的作家艺术家们交流甚至比买书还有意思。至于最遗憾的是一些在上个世纪几乎是神话般的书店,如旺角的洪叶书店和东岸书店、湾仔的青文书屋,都已经陆续结业,青文书店的老板罗志华更不幸逝于仓库里满泻的书堆,这也是另一

新亚书店的旧招牌

个香港、残酷的现实香港对这个乌托邦香港开的无情玩笑。这些事情过后，我们应学会更珍惜那一个看不见的香港吧，就像对一本字墨已经有点漫洇的神秘手抄本一样，我们理应传抄不倦，好让更多人看见。

第二部分：
出离岛记

"出离岛记"，十个月前开此专栏，起这个名字，我对编辑解释为两重意思：一则走出香港这个"离岛"去看华文文化艺术圈万象，再反顾此城，可为鉴；二则"出离"乃"出离愤怒"之出离，超越之意，我素来主张超越狭窄的"我城"思维，于世界整体中思考香港位置。

北望神州且观火
——那些未曾北上的香港文化人

香港文化人北上,先行者固然是陈冠中、梁文道,他们不但出版自己的书,还倾力推介香港的"新"作者,而近来令内地读者彻底对香港文化刮目相看的,还有最具分量的小说家西西和董启章的代表作陆续出版,原来香港有文学!不少内地书评人用上恍然大悟的标题。从"香港是文化沙漠"到"香港也不算文化沙漠"到"原来香港有文学",这之间的转变有点可笑,香港一直是这个香港,盛衰之间,写作者兀自写着。"一箪食,一瓢饮,在陋巷,人不堪其忧,回也不改其乐",任何意识到写作之乐的人在香港长期近乎无的文化支持环境中,早就出离喜怒了。比文笔比实验比历史积累,我们未必比得过中原、江南的作家,但我们天然地逃过了过去几十年无形地浸渗了内地作家的那些国家逻辑、文化潜规则,利落轻盈地处理"城市"、"现代"、"全球化"这些题目,滋养出各各不同的写作面貌,比起其他官方输出,的确更让内地读者耳目一新。

也许也因为如此,在一片香港文化人"北征"大潮之中,也还有不少一样重量级的作家尚未为内地的光环所动,继续留在小岛上笔耕,这批作家包括老中青，亦跨政论、文化评论、文艺等等许多界别。文化百足，这个梁文道享有的雅号，其实也可以冠于下面我写到的大多数香港文化人头上。先从前辈们说起，《信报》聚集的几位评论家，如被称为"香港第一健笔"的林行止，他创办《信报》，一直坚持书写"林行止专栏"，从政经到生活品位、中外文学，无所不谈，最难得的是立论中肯、一语中的，文字行止有度，颇有民国文人之风，更对得上《信报》的"信"字。虽说《信报》近年易手，但报纸神气犹存。近年《信报》最重要的作者，非陈云莫属，陈云学贯古今中西，论语言典故，香港几无对手；论政治民生，批判劣政奸商，有情有节，慷慨激昂，敌友无不折腰。惜乎《信报》前些日子疑碍于财阀压力，停了陈云专栏，陈云转战他报，反而更纵横开阔，愈战愈勇。

陈云不可能北上，也不愿北上，是一种自清的坚持。另一被誉为才子的陶杰，更是不可能北上，不但不可能北上。香港有时对这两位的犀利无情也难容。无情讽刺是陶杰的绝招，要他放弃批判那等于废其武功。还有一些烫手山芋似的文化评论人，像主持《头条新闻》的吴志森，向来不平则鸣，有任侠遗风；陈景辉和朱凯迪少年气盛，又富有学养，是硬派传人，他们的社会保育概念，超前于内地，对老香港的感情，亦难以为热衷于新世界的人民理解矣。

老前辈马国明是前述两位小将的老师般人物，人称马老板的马国明以前一直经营曙光英文书店，专售学术书，为大多民间知识分子的启蒙老师。马老板本身就是香港翻译介绍本雅明哲学的先行者，近年勤于为文，结合本雅明的城市批判与香港眼下的尴尬现实，冷静剖析，令人击节。像他这样以香港为手术刀研究对象的香港作家还有首创"香港学"的洪青田，十数年孜孜不倦地从宏观角度观察香港。又有名师吕大乐，所著《四代香港人》影响甚广，据说特区官员都人手一本，作为了解香港世代更替、矛盾规律的指南。后起者胡恩威，他本身涉及的领域就跨度甚大，从戏剧到建筑到艺术到城市规划，因此诉诸评论文字极独特，也算一种自身的比较文化学，他和刘细良的文章是有智囊之意的，胡是目前香港热点西九文化区的专研者，曾获委任多份公职；刘细良熟稔港府政策，以前异议者身份加入建制，任中央政策组顾问，并与蔡子强、许煜等合著不少政治、社会甚至互联网文化分析的著作，但他最好看的是一系列游记作品，如《带着偏见去旅行》等，是极富反思的旅游文字，可与张翠容的国际政治游记相对看。吕大乐之世代论影响太大，所以后来有不少延续或反驳文章，其中最多创见的是下一世代的学者邹崇铭所著《香港的郁闷》，从第三甚至第四代香港的角度出发，省思香港许多懵然不自觉的方向问题，又结合香港的电影、流行曲等文化，导出不少新观察和质疑。

其实，香港的批判精神深入人心，杂文因此最为发达，即使是书写文艺文章的作家也笔锋锐利。诗人叶辉是一例，他之前打滚于传媒界多面，见尽江湖事，退休后戮力为文，写了许多貌似谈阅读实则谈政治民心的文章，结集为《书到用时》，妙语连珠又理据分明，恐怕很快就

东涌侯王庙露天戏台的小观众

会被内地出版社关注出版了。文章精彩的,还有一个叶辉的同代人黄仁逵,他身为前卫画家和民谣音乐家,同时写得一手极好散文,著作《放风》所述人事细腻,时而深情时而超然,文如其人。

那一代香港文化人里面,最有情调的莫过于迈克和邓小宇,他们语不涉政治,唯在尘世中来去,文字极艳丽悱恻,造就一帮痴迷者,前者承传张爱玲,后者曾假钱玛莉之名书写时尚,都是富有双性魅力,当为内地新一代唯美主义读者深爱。而最为内地出版人渴慕而不可求的,则是小说家黄碧云,其风格张扬,时而凄厉时而哀婉,讲述奇女子行状种种,却甚有血气,小说在叙事实验中不忘世俗关怀,冷中含热,亦为内地女作者罕见,却有一大批追慕学习者。可是黄碧云对内地出版抱有正当的戒心,部分作品内容又涉敏感,估计也是诱人禁果一枚,难以采摘罢。

北望神州,其实也是上述作者曾抱持之志,也许这种观望态度更适合独立写作,观望并不等于隔岸观火的无关痛痒,观火有时就是为了像一个麦田捕手一样可以警惕,可以闪避,跑出不一样的轨迹。我这篇文章并不是希望有内地伯乐按图索骥去访求这些小岛隐士,而是希望大家都从这种外人不足道的逍遥中,读出一个城市难以取代的精神气骨,对他们的选择心领神会。

艺术这块霓虹招牌

艺术这块霓虹招牌下面，一切都在卖和买。这是今年"香港国际艺术展10"（"Art HK 10"）的宣传海报最直接地传递给我的讯息——闹市中一具最有香港特色的赤裸灯管屹立，"ART HK 10"七个大字荧惑地发着光。

如果可以交易并且价格合理，我想我会首选收藏海报中这具霓虹灯牌。首先它让我想起了十年前、旅居香港的艺术家颜磊的灯管作品：那作品直接复制自当年在旺角油麻地比比皆是的妓院招牌——那些用粉色灯管组成的箭嘴指引着欲望的方向，隐晦又心照不宣，可谓玩弄艺术隐喻的高手所为——而颜磊以他一贯因利顺便的恶搞作风，把欲望招牌直接移植到艺术场所（当时是长沙湾政府屠场的临时艺术村），立马使它具有了更针对艺术自身的讽喻意味：艺术家们、艺术收购家们，你们的欲望出口在这里。

但说回今次国际艺术展这块酷似廉价十元店的招牌，它的作品精致度仍然大大超出当年颜磊那山寨版。而我觉得它值得收藏还在于它充分地体现了当代艺术最宝贝的四个特点：第一，艳俗性，粉色系加上持续的光亮，张扬又妩媚；第二，直接的图解性，它费心屈就的英文和阿拉伯数字，没有人会作出半点多余误读，艺术真正做到了妇孺能懂；第三，简易的百搭性，这块招牌可以移动到香港市区的任何地方摆放，好比一个确认的印戳，盖在哪里哪里就被证明为富有艺术之地而不是沙漠；第四，当然是商业性，"ART HK 10"中的"10"，无论怎样看，都像是一个标价，"10"后面的单位是浮动的，可以是万、十万、百万……

"ART HK 10"也可以音读为"呃（骗）香港10次"，让香港以为自己真的已经善待艺术、让香港人以为艺术不过就是会展中心里几个下午的卖和买。纯然，后现代主义运动以来，艺术早已不是殿堂或教堂墙上高不可攀的圣物，观众也越来越像逛街买菜——虽然都穿着晚礼服。开幕贵宾场的衣香鬓影一如既往的令人受不了，如果在香港你想要一晚上见尽所有那些和艺术无关的社交动物，这晚就最合适了。但这晚我有幸目睹了一个饶有趣味的"行为艺术"，无数杯穿梭于艺术品之间的红酒，其中一杯摔碎在最昂贵的其中一件作品前面——那是张洹以整张牛皮压制而成的佛首像——溅起的酒染红了低垂的牛尾巴，这一下子令张洹的作品赋有了更多的意义。我想起的是那个著名的禅宗公案：白牛过窗棂，头身四蹄都过得，唯有尾巴过不得！张洹那白牛幻化的佛像，穿过艺术买卖场这滚滚红尘，最终当然不得涅槃。

趟这浑水之河哪能不湿脚？艺术遭遇商业的尴尬，这场被我"命名"的"行为艺术"恰好做了一个最新的注释而已。"香港国际艺术展"当然不是最后一个卖场,不是最好一个也不是最坏的一个。艺术家也非常尴尬,"我讨厌这种衣香鬓影的场合,但仍然付出巨大精力投入,因为我们提供的只是艺术,而不涉及交际或倾销。"本地艺术家关尚智回答也是艺术家的记者冯敏儿的说话,倔强中流露的是无奈。因为现实的艺术展正是交际和倾销,艺术只是借口、布景和硬通货而已,艺术家自身的清醒态度已经成为艺术的最后一道壁垒。纵观这次"香港国际艺术展10",说句公道话,能够坚持艺术标准而不是商业标准的艺术家还是占了半数以上,自甘沦陷的艺术不多,尽管有一些画廊赤裸裸地把他们代理的艺术家往这个方向引诱着。

艺术兀自还端着一个清高的姿态,艺术推销员则无所谓,贵宾之夜我耳边听得最多的还是"这件作品的升值可能"、"收藏这个艺术家将来出手容易"这样的行话。这样的大环境中艺术如何自处?真是一场严峻的考验,大多数的艺术家选择的是假装超然的回避:作品生产出来了,就让它交给市场折腾去吧。又有部分不甘心的比较叛逆的艺术家选择的是挑衅,就像他们的祖师爷杜尚一样,在艺术市场的逻辑当中大肆调侃市场本身,在艺术展这些"高级场所"刻意粗野、好斗,但是一不小心连你的叛逆姿态也成了收购对象——当今潮流,如果艺术家在一张大尺寸画布上大笔挥上"艺术展是个傻逼派对"之类的字眼(一定要大尺寸还要中英对照),也必然被标价出售。最终又有一部分聪明的艺术家发现这其实是条走向市场的终南捷径。

香港国际艺术展在会展的入口

姿态都无所谓，关键是硬通货的可能。我又想起颜磊十多年前一个作品，一群西装笔挺的西方人围坐小圈，目光炯炯地齐齐盯着你，作品的名字就叫做《我能看看你的作品吗？》，这幅辛辣深刻的作品，现在是否也被收购了呢？艺术如何自处，对于市场都已经无效，艺术家能够做到的仅仅是对得住自己的艺术良心——虽然市场中人说到"良心"二字嘴角难免一笑。

回到香港，政府如何看待艺术、艺术执事者如何看待艺术，也已经不重要，关键是普通人对艺术的态度。这样说来，"香港国际艺术展"最有意义的绝对不是艺术品的交易量、成交金额的高低，也不在于规模和事件的话题性，而仅仅在于后几天开放日里那些自己买票进来观赏艺术的市民他们的精神得着。他们大多数人并没有购买艺术奢侈品的能力，因此艺术的商业性对于他们是失效的，虽然他们也津津乐道于"天价艺术品"这样的话题，但在他们的"不购买"的消解中，艺术竟然回到了艺术本身那种仅仅通过观赏而获得意义的存在纯粹性中。这是黑色幽默？是讽刺？还是好事？艺术这块霓虹招牌下面，除了卖和买，还是有一些意外，很艺术地发生着。

有间书店

对于内地读书人来说,最近最美好的一个消息是台湾的诚品书店开始进军内地,即将在南京开设第一间诚品分店,南京的读者有福了。但同时传来两个不好的消息,广州的三联书店结业,几乎同时,上海的"开闭开"诗歌书店(诗意的名字来自以色列诗人阿米亥)也因收益不佳而结束租约,淡出了本来就不丰盛的上海书店风景。

南京我只去过一次,仍然能感到那是一个老派的城市,空间复杂而富有历史老城的淡定,其博物馆甚至能让人感觉到民国的气韵犹存,虽然南京火车站前面的玄武湖已经面目全非,四周围坐着闲适地洗脚的人。为什么诚品选择南京?据新华社的报道:诚品执行副总经理吴旻洁表示南京与台湾的风俗文化有相近之处,也拥有良好的教育资源,目前在南京的大专院校在校学生达到70万,是书店重要的目标人群,"诚品公司将发挥自身优势,成为两岸文化交流的新平台"云云——虽然是官话,但给人感觉仍是相当美好,回到南京,蒋公未能做到的事,温文尔雅的一家台湾书店做到了。

大学生多的确是关键,更关键的是要有喜欢读书的大学生,南京大学盛产作家、艺术家和诗人，甚至出了一队目前中国最著名的Post-Punk乐队"PK14"，乐队的主唱杨海崧还是一个诗人兼小说家，试想一支Punk Band都这么有文化，其他南京文艺青年如何？目前中国新生代小说家也大多出身南京，韩东、朱文是其中的佼佼者，他们写而优则影，后者导前者演，《海鲜》、《云的南方》、《小东西》等好评不绝……我写下这些，其实是想对南京毫不了解的香港读者知道：一个并非"国际大都会"的内地二线城市，往往拥有极多的文化养分和文化出品。

香港大学生比例也不小，各种文社、读书兴趣小组也还存在着，而且近两年喜欢写作和阅读的青年人也明显增多了，但是吹风吹过多年的诚品落户香港仍未成事，相反小书店维持日艰，从二楼搬到三楼搬到十几楼，更显得摇摇欲坠，原因何在？

我们先回到开头的新闻，上海的"开闭开"诗歌书店停业，他们经营有年，全靠一家影音商店划出一片空间给他们，没有固定租金只在每月的营业额里提成，但是可想而知，一间诗歌书店能有多少营业额？命运早定。我想起我自己的亲身经历，上个世纪末，几个朋友和我在旺角开起了一间文艺书店"东岸书店"——不知有多少香港的读书人还记得？我们在西洋菜南街和亚皆老街交界处一间唐楼的三楼制造了一个货真价实的"空中楼阁"。东岸书店引以为傲的是它有三个书架的现代诗（和台北诚品敦南店一样，但诗集的种类比他们还多），每个月都有诗歌朗诵会、另类音乐分享、哲学讨论会等等。1998年底打响头炮,声称绝不卖流行读物,开业那天同时举办"中国地下诗刊展",台湾诗人夏宇和鸿鸿专门"路过"捧场,第一天我们的书卖掉了三分之一,要连夜上去深圳补货!

但是好景不长,东岸之后的命运愈下,我辞职北上,旺角书店于2001年7月底(又是7月底)结束,其后三迁,终于在几年后结业。一晃十年多了,香港的书店环境并没有太大改变,青文书店和曙光书店结业、罗志华老板惨逝、文星书店结业、神州书店搬到柴湾工业区、新亚书店搬到十六楼……但亦有新星诞生,序言书屋越办越好,最近还筹备出版读书刊物,Kubrick书店今年甚至杀上北京,在新中产社区开设分店,快了诚品一步。

2001年东岸的旺角店结束时,我从北京赶回参加了它的告别朗诵会,写了一首《多少年后,当我们说起一家书店》给当年一起开店的好友陈敬泉。其中有几句值得再录于此:

多少年后,当我们这样说起/一间纯粹从云中飘落、隐没的书店,/说起空气中一个结构、一个肥皂泡,/我们会不会就眯着眼,像感受/冬天的阳光?//当我们这样说起,我们头上/花粉中最后一个乌托邦,被尘埃沦陷;/说是波希米亚某个失火山林,/说是老旧的塞纳河岸——总之/是一个吹笛者失踪的地方。//白纸空箱间,新书籍和旧理

旧书店梅馨的年轻读者

想间，/我们，举一杯酒，像某个除夕夜/在这里读着一些关于兔子的诗，/然后一口喝尽，火冰交错的所有。//多少年后，我们记得/我们曾坐在岸边，桃花林中/醉醺醺的，守株待兔。

抒情结束，现实的严峻却更加面目清晰。在内地的这个实体书店死亡潮貌似尚未蔓延到港台，是因为前者深受网络书店的冲击（我相信广州三联之死绝对与此有关），在内地有几个财雄势大的网络书店如当当网、卓越网等，书种颇全、折扣甚低、送货上门才收钱，试问一般实体书店如何竞争？更何况"开闭开"这种小众书店。这些网络书店未能影响香港，还是拜邮政部门的高邮费所赐。

内地书店的压力只是迫使香港书店加剧竞争，压低折扣，导致获利甚微。但香港书店最致命的压力仍然是来自租金，香港的商业楼宇租金年年狂加简直是非理性的，你多赚八百他则加租一千，所以常常有市道景气而小店铺反而亏损的荒诞情况，长此以往，香港的所有小本经营的创意产业：书店、小画廊、小众艺术工作室……将全部被地产商杀绝，西洋菜南街只剩下电器、时装和金饰，夹杂着一两间专卖政治八卦书的小书店还可能为自由行读者存在。

那时候，我们说起"有间书店……"就像在一部无厘头电影里说起"有间客栈"一样，很搞笑，很悲哀。

西九没有张爱玲

日前访宋以朗先生,在他嘉道理道幽静一角的故居里,有幸翻阅了大量张爱玲遗稿,包括尚未整理出版的英文小说《少帅》和另一篇英文中篇,以及大量往来书信——最惹人兴趣的是其晚年和至亲姑姑以及弟弟的通信。其余时间是:白头宫女在,闲坐说玄宗,在那样一座深埋于绿荫的老房子之中,听宋先生絮絮道来一些细碎往事,的确有不知年华老去的况味,那"玄宗"张小姐的阴影,则在近处远处微笑着看着我们——有那么一瞬间,真觉得自己是她和炎樱设计的《传奇》封面里的小公仔,那穿旗袍的作者在公仔箱的上面俯身张看。

闲话闲话,突然有人有心无心,问宋先生:是否有政府机构接洽过你,来建一座张爱玲纪念馆?宋先生笑了,说没有。我不知问者指的是上海市政府、洛杉矶政府抑或香港政府,我心中想的是香港政府,然后在心中摇头。美国政府当然不可能,一个过气,甚至从来没有红过的华裔女作家,主流文学界已经彻底遗忘她的名字;上海市政府目前也不可能,张爱玲在他们眼中是妾身未明——就如他们通过《色,戒》想象的王佳芝再想象的汤唯,故居尚犹豫挂牌,时不时还有极端民族主义批评家掀起"汉奸之妻"的讨论,那么说来香港本是一个绝佳的选择,张爱玲的两个重要的创作时期（"二战"时于香港大学读书写作、1952年迁居香港任职美国新闻署写作《秧歌》和《赤地之恋》）在香港，香港也是她许多重要作品的背景地之一，政治上香港勉强为之的中立也恰像她勉强为之的中立。但是我想，不可能。

我是从香港政府文化政策主事人的想象力出发，得出这个悲观的结论的。试想一个比张爱玲更通俗、更明星也更"代表"香港的李小龙，要在港设一纪念馆都遇到莫名其妙的阻力，困难重重（而佛山、顺德早已建成），更何况这个张爱玲小姐。那天我想告诉宋先生，香港作家们正在争取一间香港文学馆，也许里面能有张爱玲一席之地——但话到嘴边又咽了回去，这不，上周西九文化区三个规划方案出炉，我们幻想中的香港文学馆在图纸上连影都无，这个饼，我又怎敢画给别人吃。

香港文化馆倡议小组的代表作家董启章前往咨询会质疑，得到一些貌似有诚意的回答，三个建筑团队的代表都承认文学在艺术中的重要性、都说有考虑并已渗入文学的元素云云。但是，没有文学馆就是没有文学馆，这又何须讳言？我相信要是主事者有重视文学馆的话，三大团队的设计师们绝不会遗漏这一细节，OMA、严迅奇、Foster+Partners都不是没文化、不懂文学的人，在依然抽象的西九蓝图中加进一项文学馆的小意象，又有何难？

文化官僚也不是没文化、不懂文学的人，大有可以工余拉小提琴、发言引莎士比亚的雅士，但是我仍然要追问一句：你们知道文学的意义吗？你们知道香港文学的意义吗？文学于我们，是安身立命之所、是漂流重洋的孤筏、是认识和爱恨香港的方式。很夸张？那是相对一般人以为文学只是小花小草、无病呻吟、消闲娱乐之一种而言的，一般民众这样想象文学尚且情有可原，但一个城市的文化官员也这么想就很可怜了。不过，香港议会甚至没有一个名正言顺的文化界代表，有的和体育、演艺及出版界共享的一个功能组别议员霍公子。说实话，这是香港之耻。

这也不是一日之寒。据弗兰克·韦尔什的《香港史》记载，虽然香港殖民史上有爱写歪诗的辅政司孖沙以及写得比较好的诗人总督金文泰，但直到20世纪初出版的社交等级名册所示：划分了178个等级的维多利亚城里，我等"艺术家"和"文人"仍只名列第173等，还不如元朝位居"臭老九"第九等的读书人。而同书记载：1869年阿尔弗雷德亲王兼爱丁堡公爵访问香港，除了常见的舞会、焰火和宴会外，公爵观看了业余剧团演出并获赠一部莎士比亚选集，亲自指挥了一场音乐会，观看了一出华人戏剧，打了板球和滚木球……这就是150年前的香港官方理解的文化成就，150年后，他们的想象力并没有多大进步。堪拿终身成就奖的小说家刘以鬯被封为"年度作家"，艺术发展局审批文艺杂志的几十万资助如审批综援（综合社会保障援助），但同时由政府直接资助的艺团所花的千万公帑，审计署和传媒的监督却难以置喙。

油麻地的过路女子,有张爱玲味

其实对于主事者来说，千万公帑不算什么，西九文化区每个概念图则顾问费用就要4900万元，项目顾问费则要8400万元，埋单2.3亿。这笔钱打个8折，省出来的钱够资助《字花》九十多年到下个世纪，够建造一家似模似样的文学馆。似乎这并不是钱的问题，还是大家对文学的理解和尊重问题。比如说大家津津乐道刘以鬯先生曾经每天撰写十三个专栏，日产量1.3万字，用世俗的计算器去算真是"发达"，但是假如刘先生不用爬格子，或者爬格子的报酬好一些，他能够多点时间写严肃的小说，香港难保没有自己的《尤利西斯》或《追忆似水年华》！

张爱玲流离一生，晚年才得凭台湾的版税勉强过起"不愁钱"的生活，刘以鬯等香港作家也是只能靠自己一支笔，换来生计也磨掉了宝贵的光阴。我们需要文学馆，不止是为了替过去保存那一些荣耀和辛酸，更是为未来铺垫更好的读者基础、保育写作养分和环境，也是为文学，争取更多的尊严。

移动的边境线

"移动的边境线"不只是,40年代文人的诗意说法,用来形容这些年香港文化人群落的漂移也很恰当。不一定是指那些已经著名于内地的香港名人,漂移者更大的群落由艺术爱好者、工作者组成,而且以香港人本身特有的"埋堆"(抱团)特性,他们会轻易地在另一个地方组成一个小香港群体,这个群体与周围环境所交换或互相拒斥所产生的特殊火花,是他们与城市彼此都能获得的神奇能量。

北京当然是浮萍漂聚的重镇。过去的一年我有机会每两个月从香港去一次北京主持一系列文学讲座,却因此和很多香港久违的老朋友见面。首选的接机人是艺术家L,她已经在北京待了两年,北京对她来说除了可以随时随地抽烟的自由,还有随时随地遭遇艺术、谈论艺术的自由——或称自豪,在香港谈论艺术必然显得奢侈和高调,天性含蓄的L不易为。在香港她总是黑衣穿行在艺术大事的幕后,在北京她则与艾未未用英语谈论安迪·沃霍尔、与左小祖咒回忆1997年的树村,然后把这一切另类自由的滋味写成文章回馈给香港。L慨叹她在北京见到的香港文化人比她以前在香港见到的还多,因为这两年港京交往密切,L成为一个最好的探路人。

如今我们一起穿行在北京大学的野草书店和博雅堂，口里谈论的却是住在香港大屿山的老嬉皮们——L在北京编辑了一本关于大屿山的另类生活的书。L保管着大屿山作家B的北京钥匙，B在三里屯附近租了一间房子，自己却如常地在上海、广州、香港到处跑，这房子就成为接待我等香港过客的龙门客栈——B想必是喜欢这种王家卫电影式的漂泊感，以至于在最近一篇文章里把我和他比喻为东邪西毒。9月的时候来自香港的东邪西毒干了一件很斗胆的事：我们做了一趟文化导游，带北京的朋友游北京新兴的文化胡同五道营，从中分析我们眼中北京亚文化社区的生成。

那天报名来参加这个胡同游的主要是一些80后甚至90后北京青年，有出版社的编辑也有手工艺创作人、摄影师，年纪最大的是一位荷兰来的汉学家，她的京片子说得滑溜，在胡同已经生活了数年，想听听两个香港人的看法。我们边走边聊，顺道家访五道营原住民。五道营胡同和它南边的国子监街最大的不同是，前者来自社区自发形成，现在已经遇到无形的阻力，后者则是国家介入规划的样板"文化展示区"……我和B都着眼于这一点，当然说着说着就说到了我们的"家"所在的香港，一个个自发聚合的社区被政商结合的铁手摧毁，但又有一批批有心人顽强地聚拢到一齐，他们在抗争中产生的智能，也许对北京的朋友也有所启迪吧。

我们携带的一个香港就这样渗透入我们过路的北京，实际上是在报答北京给我们的馈赠。那次文化导游是"荀嘢"艺术节的一部分,"荀嘢"即"好东西",是几个香港人开的咖啡店,不但成为香港人在北京一个热门聚脚点,也乐于为香港艺术家举办小型的展览和活动,如冯建中的《楼花》摄影展。我最欣喜的是在这里和北京的其他场合遇见一拨一拨我在香港不认识的香港年轻人,他们二十出头,对现实抱着开放的心态,说着比当年我们流利得多的普通话,对北京艺术有一个更健康强壮的胃。我期望我们和他们组成的那个漂移的香港,能够变魔术似地扩大香港艺术可能的未来。

香港目前能回报给北京的差异性,该是后者最意外的收获。其实远在40年代、50年代,有一些人扮演着和我们同样的角色——只不过是相反方向,从北向南,他们移动着文化中国的边境线,这群人被称为"南来文人"。比如说我们现在熟悉的诗人戴望舒,他于壮年来港,1938年到1947年,他的命运正好与香港重叠。他在香港主持星岛文化版"星座",利用自己在内地极盛的名声和号召力,网罗大量可能无法在战乱中的中国发表作品的一流作家,成功地在报纸上重建那一个流亡中的文化中国。而当他被日军逮捕下狱以及出狱后被困香港,他的诗风为之一转:他面向人民说话,并且把国家命运和个人命运完全相融于一体。

戴望舒与其他一些南来文人最大的不同之处,是在于他有强烈的"家"感,香港薄扶林道林泉居就是他的家——不只是一个房子。家在的地方就是家乡,戴望舒在香港度过他最快乐的时光,也度过他最不幸

油麻地街头Graohic Airline的涂鸦

的时光，因此香港成了他悲喜交集之所在。所谓"我随身携带着我的祖国"，所谓"我在哪里，哪里就是我的祖国"，有西方诗人曾如是说。人在，即国在，戴望舒在香港，则中国在香港。同样道理香港文化人在北京、在内地，也应当达到这样的境界，我在北京，则香港在北京。

　　这意味着我等的承担必须更加有力，在香港你勇于说勇于做的，在内地也应该尽量说尽量做。甚至不必亲自北上，现在有一个很好的阵地，那就是内地网络的微博，在那上面我又看到了另一个拓阔着自己疆域的"香港"，那个香港一方面由那些广受内地网民关注的香港影视界名人组成，值得欣喜的是其中有不少人如黄耀明、黄秋生等都利用自己的影响力，去传播一些真相和正确的理念，令不少原本只是追星的年轻人猛然惊醒；另一方面由微博的香港用户组成，他们自然而然地不说谎言，挑战着"潜规则"。

香港摄影当何为？

千盼万盼，终于盼来了香港第一个摄影节。无论作为一个摄影评论人还是作为一个摄影人，我去过海内外不少摄影节参观和交流，最难堪的就是当别人知道你是香港来的时候，总会问你："香港除了沙龙摄影和商业摄影，还有什么？"我当然知道香港无论纪实摄影或者前卫摄影界都有不少实力派的摄影家，但他们大多单打独斗、行事低调，故少为人知，关键是缺乏一个大规模的展览让人感知目前香港摄影最前沿的整体实力，所以我们需要一个摄影节。

第一时间重访中区警署和域多利监狱，就是因为风闻香港摄影节开幕了。但原来那天此地只有一个香港最早期照片展，其他展览尚在布展中。最早期照片固然珍贵，它们诡异地与旧警署大楼构成共生结构：旧警署本身就是常被摄入老照片中的地标景色，现在却成了容纳它们的蛇腹——老式照相机的这个幽暗、折叠、会变形的部件，成为摄影中流而不逝的时光的最佳隐喻。前来参观的多是老人，小心翼翼地穿行和品鉴着，口里不禁喃喃旧时多好多好，旁边一架木头立式照相机用它的黄铜镜头静静地注视着他们。老照片也许比一切观念摄影更接近摄影的纯粹本质，它们只剩下了"记忆"这一层意义。

没想到，这个早期照片展成为摄影节中我最满意的一个展览。原来期待最深的"四度空间——两岸四地当代摄影展"却令我略为失望——主要是对香港部分失望。姑莫论"两岸四地"这一概念在如今艺术地理上的有效性，策展者强调的"香港重掌话语权"及"我们已经进入了后数码时代"亦颇为空中楼阁，我很奇怪为什么要在一个摄影展上强调话语权意识，只能理解为过去十余年所面对两岸带来的压力所产生的反弹，对"后数码时代"的强调也正是同理，在数码摄影的强大压力下，这是一个很好的理论遁词。

这些理论上的策略，必须得到作品的支持，在"四度空间"这么一个"话语权"正面对决的场合，香港的作品显得非常弱势，而且几乎没有能反映"后数码时代"这一概念的。十二组香港作品中，只有资深纪实摄影家秦伟的作品《当你是个奇怪的人》系列成功结合了纪实与观念，因带有对人于被陌生化的处境中的存在状态的抽离观照而显得独特，另外黄淑琪从侧面拍摄"影楼照"、司马十一对政府机器的反讽式记录也颇有深意，其他的艺术家作品都不算成熟——尤其是不够分量，难以与两岸作品比肩。

也许是策展人的定位问题，如果这是一个奖掖新晋的展览，这些年轻人的作品还算可以，但也说不上新意。谢健华用塑料相机拍摄香港风光，使用双重曝光技巧反映城市与自然的撞击，类似作品在LOMO网站并不少见；杨翠仪摆拍父亲收藏，做成"画意摄影"，孝心可嘉，但艺术性实在没有比百年前的郎静山进步多少，摄影模仿国画，是沙龙照中最拙劣的一种；SOLOs Production的《本地艺术家》还能算是学生毕业作业的水平，而冯祺的变焦夜景则是摄影班入门之作——通过镜头在曝光中刹那变焦来拍摄都市夜景，这是随便一个单反相机初哥都识的小玩意啊，这样的作品能代表香港摄影的前沿水准？

参观中我想这些作品是否放错了地方？也许放到一个沙龙摄影展更加合适，而不是在"两岸四地"的框架中。比如说同样是重用古老的湿版摄影术，香港的何敏基拍摄的是一批开平的碉楼，旁边内地的骆丹拍摄的是深入山区对一个民族的人类学式记录，哪一个更有难度更有意义？同样是拍摄一个特定的人群，香港的黄天赐的西藏影像是最传统的记录，与70年前孙明经的记录无异，看不出时代的变迁和摄影者的反思；而大陆的宁舟浩拍摄一个地方政府机关的种种麻木场景的作品却是前无古人，这是对一个无孔不入的掌控者的记录，荒谬的细节因为麻木而被人民淡忘，宁舟浩却用摄影定格迫使观者惊醒：这是否《1984》的现实版本？

至于像台湾周庆辉的《野想——黄羊川计划》与大陆庄辉的玉门拍摄计划这样的大制作，香港阙如，这种需要长期耐心、社会学视野的宏观作品，其实香港不少纪实摄影师有为，像谢至德拍摄的"中华大工厂系列"、秦伟拍摄的"第三世界生存状况系列"，可能是因被当作单纯的纪实摄影而不是"艺术"，所以没有被纳入这个展览，却因此没有让

香港摄影节会场门口的大照相机模型

参观者看到香港最重量级的作品，殊为遗憾。

　　香港策展人的出发点是好的，假如"后数码时代"成立，我等从"前数码时代"过来的摄影家该怎样面对？其实摄影的关键从来不是"用什么拍"，而是"怎么拍"与"拍什么"，从展览可见大陆的策展人和摄影师有更多的考虑这两个问题。如魏壁和亚牛的作品，前者戏剧性重拍自己的一次被拘留的经验，后者制造传统的语言以字词形式在科学家手中被变形的记录，都带有形而上色彩，有强烈的观念冲击于其中。数码与否不是问题，胶片同样能记录这个"后数码时代"的精神状况，澳门的黄骏杰和台湾的陈宛伶使用数码手段，亦带来直接处理现实的魔幻效果。台湾陈顺筑的作品更是直接反思摄影意义，把景物与摄影媒介本身都抽象为对感知本身的思考所用元素。

　　两岸艺术格局中，香港何为？这个问题我们自问了二十年，看来现在仍然未有很好的答案，"四度空间"呈现出来的微妙尴尬只是其中一斑，但是如果跳出这种对身份迷思的纠结，多去思考摄影与它面对的世界本身，而不是摄影者的话语权或空间位置，可能得着会更多。

香港有了文学馆

香港作家想建设一个香港文学馆,珍藏一些香港记忆的结晶,同时为未来的香港酝酿一些文学土壤。这个不算大的梦从前年开始发想,当时由小说家董启章牵头,一众老中青作家和议,发起呼吁、抗议和讨论会多次,但始终没有得到政府明确的响应,去年西九文化区的咨询草案出炉,当中也没有半点文学的影子。

作家们并没有沮丧顿足,恰恰是这样让我们认清了文学本是人间事,只能靠自己,香港连个文化局都没有,怎能奢望空降一个文学馆呢?好吧,香港文学从哪里来,我们就在哪里寻找它的落脚点。试想,社区、乡野、庶民、街头……这些都是香港文学特有的滋养,一个香港文学馆,未尝不可化整为零,漂流在每一个可能有文学的地方。

比如说,菜园村。真没想到虚拟的香港文学馆第一次落到实处,竟然是在业已被清拆几近废墟的菜园村里。春节期间,关注菜园村的文艺人联合村民、巡守菜园村的青年们,做出了一个"新春糊士托(Woodstock)·菜园滚滚来——大型废墟艺术节",行为艺术家、舞蹈家、实验话剧团纷纷参与其中,甚至还有香港罕见的两日两夜露天音乐会，就在被推土机推平的农地之上草莽开唱。这次作家们也"来势汹汹"，占据了一间早已拆毁并被涂鸦小朋友涂成七彩的房子，正式建立了一间废屋文学馆。

文学馆由批评家陈云的恶搞春联引路，名曰"怨偶"，取文学"群兴怨"之意。门前小道上铺满了青年小说家阿三从广州运回来的爆竹落红，仿如愤怒。游静的诗被黄衍仁录成一触即发的音乐盒藏于半埋泥土中的吉他里，碰弦即有歌唱；谢晓虹的小说《火舌》写满了白窗帘高悬在被掀开的屋顶下，像白炽之火舔烧家宅。还有谢傲霜和何倩彤的装置、邓小桦和陈丽娟的诗，戏谑或隐忍间见酷烈……文学是可以以多种面相来演示这时代超现实的现实的，这简单一座"文学馆"就足以示范面对压迫之时人们的汹涌创意。

走出陋屋，眼界骤然开阔——或者决眦欲裂，整个菜园村也成了一个文学馆，而且甚有对写作者的启发意味。这里有爱有恨，有怨有喜，这是"糊士托"，不是乌托邦，也不是山寨版Woodstock，文学情感如糊春联一样附着在一砖一石、一草一木之上。首先这是一座活生生的文学学校（这是原先设想的文学馆的一大功能），暮色中跌宕起落的歌声向你示范着诗歌自由与节奏的关系；村路上突发的舞踏表演如卡夫卡小说的即兴突变，又解释着现代文学的不协调感怎样转化为酷异的美学；废墟中被击碎的团圆照片里，每一个眼神都足以让你写一千字内心独白；更别说那些四散的生活用品了，它们出现在哪里，哪里就有超现实主义的拼贴法。

香港的学习写作者常常抱怨没有题材、没有灵感、没有写作方向,那么到菜园村来吧,到每一个生活的前线中来吧,到处都是刺激你的细节、让你反思的口述史、渴望倾听的受伤的人和山和水。这里就是思潮激荡的讨论区(也是文学馆的一大功能),又是文学细菌最佳的培养皿。你也可以自己建立自己的档案馆和展示厅,所有过路的人都乐意成为你的观众,而不需远赴豪门般的西九乌托邦。

文学馆下一步的漂流就更加自由,文学人在哪里,文学馆就在哪里。比如说在另一座小岛上的一家旧书店"旧香居",这两天台北书展,香港作家群和读者群都大批涌至台北,素来关注香港文学的"旧香居"俨然就成为书展馆的香港文学分馆,或者说香港文学馆的异地漂流版。师大路、龙泉街的巷子深深处,你听见粤语的朗诵声音,推门进去首先看见的是新的旧的香港文学杂志,《字花》、《月台》不可少,甚至在香港书店已经绝迹的《素叶文学》这里都有——

就在"旧香居"的其中一场港台诗歌朗诵会上,当台湾女诗人枚绿金朗读出她的一首诗《素叶女诗人》,并且说灵感来自很久之前在台北读到的一本《素叶文学》的时候,台下恰巧来到的香港素叶出版社编辑许迪锵几乎不相信自己的耳朵。可就是这么有趣,文学姻缘的结合最美妙的当然来自民间,素叶多年在香港默默播种的种子,在台湾也会开

在菜园村废墟上建立的废屋文学馆的入口

花，这一点都不意外，这可是官方投资多少交流资助都未必换得来的一首诗。旧香居和香港的独立出版社"文化工房"、台湾独立出版社"逗点"合办这一系列"香港文学日与夜"分享会完全展示了民间的力量，文学馆完全不必等西九建好才激活，我们的作家早已准备好了一切最好的展品与文学互动的可能性。

那一天被旧香居老板吴卡蜜在facebook上标注为"超级香港日"，我想把它"骑劫"过来告诉她，这也是香港文学馆的第一次外事活动，将来我们也会在香港有"超级台湾日"和"超级文学日"的。

在电影节重省生活

每当我在香港的朋友电话打不通、或纷纷转为留言信箱的时候,我就知道又到了暮春三月——一年一度的香港国际电影节又来了。电影节接着香港国际艺术节,漫长的一个多月,我们戏称为艺术家失踪月,因为每当此时,你只能在电影院或者艺术中心的剧场之类黑暗的场所才能找到你爱好艺术的朋友——不过对于像我这种本身也是影痴的人来说,往往是在这个月能见到最多的朋友,在电影开场前他们匆匆赶来的脸被带位员的手电筒照亮、在散场后他们冲着阳光一脸茫然——这两种表情是相似的,都带有一种幸福感。

对于相当一批人来说,马不停蹄地赶场看电影节,已经成为一种生活习惯,同时又是一种神秘的脱离生活、重省生活的仪式。这批人的年龄跨度很大,最老的,也许已经五六十岁,他们从1977年香港市政局(这个单位现在已经没有了)创办第一届电影节就开始看,有的人甚至就是创办者之一,比如香港重要的文化推手、女作家陆离,有的是电影节的灵魂人物,如电影节协会艺术总监李焯桃和总策划王庆锵;接着很大一批是中年影迷,他们很多已经由影迷进化为资深影评人,如作家朗天、小说家陈志华;我等近十来年才开始看电影节的"小影迷",也成了电影院里的中坚势力,我第一次看电影节的电影,是1999年的文德斯拍的《乐满哈瓦那》(Buena Vista Social Club),结束时全场掌声雷动犹如演唱会结束我至今难忘——仿佛热烈鼓掌还能让歌者重新出场谢幕一样,鼓掌也是香港电影节的一个优良传统,即使导演不在、演员不在,我们还是以掌声给予敬意。

这两年,在赶往各个放映点的路上,多了不少年轻人,有的穿着时尚,更多的是低调宅男宅女打扮,我一眼就能看出他们是来看跟我选择一样的电影。同时,香港电影节这几年半是有意吸引青年观众半是继承推举新锐的传统,增加了不少青年导演或是描画青春的电影,比如去年的《18岁微风少年》、《90后起义少女》等,后者连场爆满,那时它还没有改为现在这个耸动的名字《90后少女性起义》呢。今年也有不少反叛青年题材电影成为焦点,像彼德梅伦(Peter Mullan)的《格拉斯哥堕落少年》、鲁宾卡斯(Ben C.Lucas)的《90后残酷物语》、尹成贤的《青春夜行》,从70年代的格拉斯哥到现世代的悉尼和首尔,青春都是在校园压迫下被变得残酷的。当然也有若即若离、似甜似苦的后现代青春爱情,内田伸辉的《80后速爱物语》、陈宏一的《消失打看》、李察艾奴亚迪(Richard Ayoade)的《爱情潜水》都有共同点,就是让你在新世代的爱情观和性实践中迷失,然后反问是自己老了还是他们太年轻?

青春残酷,向来是电影必杀技,我们两岸电影最杰出的两部,《牯岭街少年杀人事件》和《阳光灿烂的日子》异曲同工都是从残酷中析出更浓的苦涩，也曾在香港电影节引起过轰动。但真正残酷的青春往往出人意料，和上述十多部话题作都不同，今年电影节至今我看过的最好一部电影，狄波拉嘉妮（Debra Granik）的《冻死骨》（Winter's Bone）的青春酷寒凛然，令我战栗不已。这部耗资仅200万美元的独立小成本制作，在奥斯卡获得四项提名，既见证了奥斯卡的保守口味正在放宽，也显示出电影本身有何等扎实的功架。电影影像由极其孤寂绝望的Ozark山区、音乐由伤情的Ozark民谣开始，一直沉浸在那种黑暗童话的调子之中。那是对美国田园梦想的毫不留情的反讽，牛仔装束的末路农夫只能以制毒为业、冷漠的族人随时变成杀手，女主角17岁的莉只能变成一个出离坚强与愤怒的女勇士——就像哈姆雷特所说：这是一个颠倒混乱的时代，倒霉的我却要负起重整乾坤的责任！超越现实枯燥沉闷的美国乡镇，莉与失踪的父亲的关系比哈姆雷特与父王的关系还要复杂，她只有七天时间去寻找弃保潜逃的父亲的尸体以阻止房子被没收，和她对抗的是整个深不可测的成人世界。电影也是对女性位置的反思，片中那些彪悍的大妈既是杀父凶手又是帮助莉寻回父尸的力量——电影最神奇的一幕就是大妈们划船带莉到湖中，莉探手水中取父骨那一段突然出离现实而成为《神曲·地狱篇》般充满了浓郁的诗之隐喻，女儿的手与父亲的手在雾气缭绕的冻水中紧握，生死两隔却不能脱离，观众屏息战栗之余只能对血缘二字的意味欷歔不已。

不得不赞这次的香港译名，"冻死骨"从另一个角度诠释了

Winter's Bone的无情凄凉,还加添了杜甫诗意里的社会讥讽含义,毕竟莉的父亲是在那样一个表面富庶内里分裂的国度变成死鬼。顺便一说香港的"创意翻译电影名"传统,从五六十年代乱译西方电影以艳情小说套路给观众制造遐想开始,由电影节"发扬光大",其实一直为我所不喜,像"冻死骨"这样的妙译很少,大多数都是过度诠释、故作幽默的牵强之举,这次电影节这样的名字也比比皆是:什么"忽然搭错基"、"辘地魔"、"超错胶警大电影"、"我快乐你大镬"、"靓妹肾探母夜叉"……乱七八糟,不知道香港俗语的人不知所云,知道的也就尴尬一笑。译名,是我对香港电影节最大的不满。

而香港电影节最令我赞赏的,是它一直坚持成为独立电影的支持者,而且,曾经相对于两岸的保守,香港成为不少华语独立电影最佳的首映地和讨论场所,也是佳话。内地青年导演的电影更是香港电影节的重点推荐,试看李焯桃和王庆锵本年度力荐的影片中,排头的都是内地青年导演作品:刘健的动画《刺痛我》和李红旗的《寒假》。两部片我尚未看到,但就冲《刺痛我》号称中国第一部独立制作长篇动画、左小祖咒配乐,就冲《寒假》是我的诗人同行的最新作品,我就有极大兴趣一看。其实每年我对来香港电影节的内地电影都格外关注,去年我就撰文《大山之下:中国电影的异域》讨论之,有言"世界的电影节圈子中的中国热至今未减,外国观影者的兴奋点早已离开北京上海,移动到山西河南等二线城市,现在有进一步的'边缘化',地理意义和心理意义上的边境地区,成为中国新生代导演和外国观影者的关注重点——这双重的边境,构成了新的异域,而且这异域在中国,则更显得陌生和神奇。"那是针对去年电影节中的三部中国电影:万玛才旦的《寻找吉美更登》、杨蕊的《翻山》和杨恒的《光斑》而言的,但今年继续有效。

万玛才旦的《寻找吉美更登》是去年电影节我最欣赏的片子,我看了两遍,反复咀嚼,写影评之余还为之写诗。《寻找吉美更登》同时讲述三个爱情故事,用一辆不断奔忙在寻找路上的吉普车上的四个人维系,这些爱情是纯粹藏族、并非汉人所能理解的,却看得人牵肠挂肚,是因为它在情感上也进入了那个我们老练的现代城市人所陌生的异域,在那里,爱有其自己的逻辑。去年《寻找吉美更登》是纯藏语对白、英语字幕,看得我们这些汉人好生郁闷又浮想联翩,以至我写出"我们语言不通、天地无用"这样的句子,今年万玛才旦的新作《老狗》配了汉语字幕,但魅力依旧。

这种魅力并非浪漫化的异域魅力,我们看到的《老狗》里那个藏区,万玛才旦的藏区世界与观光片的西藏大大不同,松太加的镜头里土地、泥尘夹杂开裂处处的土地总是占了画面的三分之二强,你很难看到所谓高原蓝天白云的壮美,这里的现实是杂乱无聊的汉化小镇,男主角的表弟永远穿着公安制服、女主角的姐姐永远穿着90年代的女教师套装,壮美只存在于老牧人的内心深处,最后与老藏獒同归于尽。万玛才旦的美与批判都是极其克制不动声色地的,比如说对"偷"这个概念的处理,入夜时分出现了电影最美丽的一幕:深蓝天幕下小屋一灯如染照亮金黄色不寐的老人，美得就像那些意淫西藏的油画师刻意重彩为之的场景，但只是片刻，老人惊叫"偷狗了！偷狗了！"一家人冲出来，偷狗者已经开摩托绝尘而去，你才发现上一个镜头的安宁与美如今已是多么脆弱。这是一部藏人的《楢山节考》，我们领受上一代的牺牲而不自知。

香港电影节至少改变了香港一部分人的世界观，通过这样的电影，让局限于小岛逻辑的生活安稳甚至保守的人能看到主流媒体、主观想象之外的那个世界，《冻死骨》里残酷的美国，《老狗》里枯燥的藏人生活……皆如是。看电影节成为一种生活习惯，电影里的生活又惊醒了你所习惯的生活。

出离的意义

我在香港《信报》的评论专栏叫"出离岛记",十个月前开此专栏,起这个名字,我对编辑解释为两重意思:一则走出香港这个"离岛"去看华文文化艺术圈万象,再反顾此城,可为鉴;二则"出离"乃"出离愤怒"之出离,超越之意,我素来主张超越狭窄的"我城"思维,于世界整体中思考香港位置。不过没想到专栏最后突然被停,得到的是"出离"的本意,佛家所谓涅槃也。

在台北与朗天、张铁志对谈两岸三地的文化批评现状,言及香港时,我用一部电影名字开了个玩笑:情非得已,生存之道。在香港以文化评论为生,开始时绝大多数是情非得已为了生存,因为在香港的报刊生态中,原创远远没有评论有市场——作品只能走出版渠道而不是媒体发表渠道,但评论又没有介绍和采访有市场,所以最后的面貌非常奇怪:读者看得最多的是对某一作品的简单介绍和解读,对整体现象的宏观纵论罕见、深度挖掘罕见,作品本身则要等读者看过作者访问或名家推荐才得以一顾,本末倒置,人不以为谬也。

但又有一些坚持的评论者把评论修炼为道,以书写一篇创造性作品的严谨和创意去书写评论，评论作为一种文体的自足自主性方才确立。在香港存此心的写作者不少，严肃如马国明、陈云、安裕、叶辉、梁文道、胡恩威等，嬉笑怒骂如迈克、邓小宇者亦不乏其人。惜乎一般的报刊读者似乎并没有看重他们创造性的一面，不理解现代评论重要的是如何评，而不是评什么。在这种简单化的需求下，编辑自然也宁愿评论变得资讯多样化，而不是让同一个现象遭遇不同方式的深度剖析。我曾笑言，这和香港的旅游出版一样，百分之九十以上都是旅游实用指南手册，而不是独到的游记，阅读评论者只希望按图索骥、立马分优劣，而不是细品良驹之中的各各不同。

这和大陆台湾都很不一样，仍以旅游出版为例，大陆有《中国国家地理》、《华夏人文地理》、《文明》、《西藏人文地理》等等不胜数的深度知识刊物，台湾至今也还能让《经典》这样的以长篇图片故事主打的杂志生存，而香港除了一本以大陆作者和大陆读者为主的《中国旅游》之外没有一本类似的刊物。香港的游记作家只得北求于内地杂志，因为香港一个旅游记者或者一个资料收集员就能取代作家的位置了。大陆的评论性报刊多到难算，香港亦曾经有《打开》、《青文评论》、《E+E》、《文化现场》，但都昙花一现。香港的评论家除了北上出书演讲，就只有觅一短小专栏栖身，所以香港专栏文化发达也有其原因，因为许多能做大块文章的人均潜龙于此，施小技而获长安，何乐而不为？

从尖沙咀香港艺术馆外眺维多利亚港

香港报刊的专栏评论因此有快、准、狠之赞,却失之短暂、拘泥和无余味,许多文字若再放一两年结集出版便已经索然寡味,时效性扼杀了评论作为一种文体的自足美学。言论内容的尺度,香港比两岸自由,言论舒放的方式上,却是两岸远胜之。我想这也是和读者的阅读习惯有极大关系的,不是编辑之过。内地读者喜欢被挑战,阅读如跟作者辩论,机锋处处最后精神得到许多操练,但久之易成为一封闭生态圈,读者把作者逼成所谓"意见领袖"、"青年导师",亦殊为可怕。台湾奇特之处在于评论家大多有文学背景,常是文采斐然,读一篇评论如欣赏一场表演,想也是民国文人传统,唯需小心之处是评论变了炫技、阅读变了观众喝彩。

其实评论,归根到底是反观自身。写评论若是出离岛记,关键词仍是这个岛,香港是岛、台湾是岛、大陆也是这么一个漂漂乎无依精神孤独的岛。评论者出离,岛在记录自身。近年最欣见的莫过于野评论、草根评论、微评论大行其道,读者能抛弃"意见领袖"和"青年导师"的时代正在来临,人人皆有其意见则领袖不须存。以新的传播空间微博为例,人们将慢慢意识到在这里不只是要看名流表态或者明星作秀,更应该看看身边那些先醒来或者正在醒来的人,他们有什么不得不说的话告诉彼此。这个岛因此可以众声喧哗,那个岛或又可以从长久喧哗中沉静片刻思考过去未来,皆是可喜之事。

人评亦评,人止我进,人行我止,文字当从容如此,尤其在这掌权者力图把它变得局促的时代。过去的好几代才人,都把精力的过半耗在与时代、国族问题的死磕上面,涅槃之后却湛出奇葩,我辈当凝神采摘之。

第三部分：
我城的礼物

　　当我们游走于世界上也是如此，即使我们都是过客，我们仍希望有这么一座城市，名字可以叫做"我城"的。

　　香港之成为我的我城，是因为它的书店、老区、人情和散漫，我曾经这样写道："我们应学会更珍惜那一个看不见的香港吧，就像对一本字墨已经有点漫涊的神秘手抄本一样，我们理应传抄不倦，好让更多人看见。"

自由在路途上发生
——读黄碧云《媚行者》

"自由是什么意思？如果存在的话，以怎样的处境或语言存在？""《媚行者》并没有解答自由。我们是从不自由而尝试理解自由的。《媚行者》所能做到的，到后来，只是比较理解自由不是……"这一问一答是摘自黄碧云《媚行者》一书封底的话，那一段话，如果不是她自己写的，也会是一个真正经历了书中那对"自由"二字的漫长跋涉与质问的人才能说出。在问句中，特意点出的是"处境"和"语言"两词，这是一个作家专有的理解自由的两个领域，作家正是在作品的构成中通过这两者的变化来实践她的自由。而在后句中，她亦是通过"语言"来暗示答案，"从……而尝试"、"到后来"和最后的"……"这些词句符号都呈现了一个行进中的状态，答案是：自由是一个永不完结的现在进行时。

"媚行者"中"行者"一词所指向的，就是这种不断尝试和实践，像垮掉派凯鲁亚克（J.Kerouac）《在路上》（*On the Road*）的寻觅过程。小说一开始，她就上路了，香港，到日本，到北美，到南美，玻利维亚，阿根廷，寻找切·格瓦拉；从旅程中跳出，到香港，生者和死者之中；再跳出，到纽约、伦敦、威尼斯，不知地球上哪个健忘症患者的角落；又落回现世最残酷的战场，萨拉热窝、科索沃；她私有的寻根——客家梅州，媚行者的寻根——吉卜赛东欧，寻找合而为一；最后到达"圣地"古巴，她发现自己：失踪者坦妮亚。

如果只是这样，这本书就只是一本西方传统上的"流浪小说"和"成长小说"的混合体，如何完成她那独有的对自由的寻问呢？这时，我们要问问，"媚行者"中的"媚"的所指。"媚"：形容词"妩媚"、动词"媚惑"——两者都是多么柔韧、神秘，它们是怎样和"行者"——这个不羁、沧桑甚至有点阳刚的词相遇，并且合为一个像云一样变幻，又充斥四方的形态——"自由"的形态呢？

让我们再回到书的开始。开始是一个死亡，"我"的父亲的死亡，博尔赫斯说："一个人的死或一个人的出生都是最适合作一本小说的开头。"而黄碧云把两者融汇了，从死亡开始是两个人的对自由的寻问之路的出发："我"——少年时父亲的一场毒打使她决心离开束缚，投入茫茫然的漂泊和对自己及父亲的痛苦质问中，这心灵之路；切·格瓦拉（《媚行者》中译为哲古华拉）从阿根廷出发到投身古巴革命直至在玻利维亚的死亡之路。而把这两者交叉的是现时性的："我"的旅程。

第二章是一个她者的故事，飞行救援队员赵眉。作者开始她"处境"上的自由，这首先由"语言"来进行。如诗人兰波

（A.Rimbaud）所说："我希望我是任何人。"这里代入的不只是赵眉的疼痛与麻木，还有医生赵重生、义肢矫形师小蜜、物理治疗师小胡子罗烈坦的疼痛与麻木。作为小说叙述手段的叙述主体变换从此不断出现，成为小说结构上的最大特点，这就是形式上的自由，视角在不同方向转换，作者对"处境"的体味亦不断改变。当面对伤痛（所有人）和割裂（肉体的割裂和人与人的割裂）、缺失（赵眉对张迟）和困顿（所有人）时，如果不要赵重生和小胡子罗烈坦的夭折，就只有像小蜜和赵眉那种顽强——"媚"的柔韧性——也许仅仅是面对，并留下在路上继续走，在天空守望自由。

对于一个经历并且质问者，最可怕的莫如记忆的丧失了。第三章的叙述者正是一个丧失记忆的中年妇人——曾经的名舞者陈玉，但也许是越南女人再丝·阮、女爵士小号手露西亚·阿曼、南非女子姬丝汀·波达，甚至被叙述者叶细细，记忆的丧失令叙述更加混淆，但叙述者的转换却更自由。不过无论如何转换，都是一个被损害的女人肖像，她最后说："忘记是，从来没有，将来也不会有，应该有的事情，但不存在，犹如自由。"在这里，失忆是作为对不完美的回忆的反抗，这种反抗一方面不能不说是消极的，因为随着创痛之回忆的丧失，生命亦因之而失重；但另一方面这种完全的轻，却将叙述者带到一种无所顾忌的放任状态的自由中，如结尾所说："狂欢节已经完了，另外有一个狂欢节。"带来一个不稳定的世界，因其不稳定而崭新的世界。

第四章犹如一个地狱的访问记。科索沃战争的现场，战争的残酷和非理性，被施暴者的悲惨和施暴者的疯狂都令人悚然；更可怕的是沉默的旁观者们——因为沉默他们成了暴行的同谋者。而女性又一次成为最大的被侮辱和被损害者。这里的世界几乎完全是绝望的，如果不是有中间的那一首诗"我城·萨拉热窝"。一个媚女子，正如诗中所说"不过是你生命里的微小事情"，但生命中的意义正来自于这些"微小事情"：空袭前的舞会、战火中的婚礼、父亲发脾气、母亲养鸡、排队取水……"但我只想活着 接近泥土／并写下／生活中的微小事情"。这里对自由的追寻和上一章同归而殊途——和忘记相反，她选择了记下。记录成为艺术，而艺术是一种慰解，是面对这个残酷、不完美的世界的微笑，并且像女爵士乐歌手Billie Holiday所唱："When you are smiling, the whole world smiles with you."世界也跟着微笑起来，人的生存因而不至于绝望。

无论从叙述形式还是从叙述内容来说，第五章都是最丰富的一章。形式上出现了大量的"文体戏仿"，文中不断插入模仿古欧洲神话、塔罗牌诠释、中国族谱、诗剧、中国传奇笔记，甚至和合本《圣经·创世纪》译文的风格的叙事片段，作者更加自由地出入其间，将之编织成一部多声部的哀歌。在内容上两条线索互相穿插，作者对自己的族群——客家人，和对相似的族群——吉卜赛人的追索寻问与比较，各自回溯着自己的源头：通过伪族谱和伪创世纪，又互相呼应和汇合。

客家人和吉卜赛人的相似是那种漂泊、故乡的失却及因此而来的贫穷苦难；但相异处是，客家人像犹太人的迁移是处于被动之中的，并且渴望定居下来（就像现在，他们都有了安定的住地），而吉卜赛人却怀着像游牧民族逐水草而居的天性，永远渴望着兰波式"生活在别处"的生活，主动地漂泊，在漂泊中寻找生命的乐趣。这正与寻问自由者如切·格瓦拉和作者的意图相合，她们都要在路上发现自由。"媚行者"一词也在这里正式出现，说的是"媚行者我姊维多利亚，她不相信命运，以为可以，以意志承受"。她说："听说那些和命运搏斗的人，就叫做媚行者"。媚行者我姊维多利亚结过两次婚，两个丈夫和一个求婚者都死于非命，"我祖母"说她是黑猫命，克男人。但媚行者我姊维多利亚却要反抗这一命运继续去爱，去冒险。"我"也选择了反抗命运：神话中嫁给怪马的公主的命运，追寻她的自由：她戴上了神话中象征厄运的吊死人右手的指环，去找回她的马——老诗人若奇。与"客家族谱"上那些盲目受苦死去的"先朝妇女"相比，吉卜赛女子们的反抗命运更加有其意义。

和怪马神话并行的还有一个不断出现和改变的神话：石匠筑桥的神话。神话的大概是：石匠或兄弟们筑桥或城堡屡筑屡塌，最后要把其中一人的妻子筑进砖石中献祭才筑成功。这个女子的牺牲是命定的：谁第一个来到工地，谁就得死。但在每一个神话中，那个命定牺牲的女子都要反抗命运———一种悲剧的反抗，首先她们不理预言坚持去见丈夫，最后她们都被筑进石里但仍成为命运的障碍：她们诅咒城堡永远荒废、

黄碧云在罗志华悼念会上跳弗拉明戈舞

地铁乘客身上的自由女神

诅咒丈夫永远拣不起她扔弃河中的戒指（爱的谴责）、让每一个晚上桥都流血……这就是"媚行者"，第一章"我"的反抗、第二章赵眉的反抗、第三章陈玉的反抗、第四章诗人的反抗，还有最后一章的革命者格瓦拉和坦妮亚都如是，逆天而行，而自由就在这反逆的路程上发生了。

最后一章的路又接续回第一章去，作者来到古巴寻问"媚行者"坦妮亚。坦妮亚，切·格瓦拉在玻利维亚游击队中唯一一个正式的女队员，相传是格瓦拉的情人，于1967年8月31日，先于切·格瓦拉一个月遇害。但关于她的生平和死亡语焉不详，以致有人说她其实是出卖格瓦拉的双料特工，1967年也没死，后来流亡海外最后自杀。其实这些真伪都不重要，从她和格瓦拉在玻利维亚以数十人的兵力，在极其恶劣的环境下进行绝无取胜希望的游击战这一浪漫主义的行为来看，她们追求的不只是革命成功这一现实目标（即使玻利维亚革命成功了，切．格瓦拉也会离开，"开创更多的越南"），而是更高的、生命意义上的反抗命运的搏斗，"媚行者"，这是一种哲学家海德格所说的"冒险"、"向死而在"的状态，通过冒险而发现存在的意义——"哪里有危险，哪里就有救"。她们的战斗与殉难，实际上也是为了个人心灵上对自由的渴慕而为，并最终赢得了自由。

与坦妮亚的故事并行的，是作者在古巴的经历。莫大讽刺的是，当年切·格瓦拉和卡斯特罗为追求自由而建立的国度，今天竟成了一个寻问自由的人被监控的地方。当写到这里的时候，我却想起文德斯（W.Wenders）的电影《乐满哈瓦那》（*Buena Vista Social Club*），可惜作者"我"没有见到这些古巴的老乐手，否则也会感染到他们的自由和快乐的。他们也和广大古巴人民一样在贫困与破败中生活，然而他们歌唱，这歌唱就像上文所说的，成为他们的慰解和自由。其实作者也感到了这一点，就在"我"被带到她的监察者麦加尔破烂的家中那一天，她和监视她的大人们玩了一下午的多米诺骨牌，而旁边的两个小孩弹吉他、敲锅作鼓也玩得不亦乐乎——就像《乐满哈瓦那》中的老乐手们一样自由、快乐。

最后作者仍然问："你渴望自由与完整的心情，是否始终如一。"这本书以它的旅程、文字已经作了回答。坦妮亚的遗诗也回答说："请不要离开，吉他嘻荷（弹吉他的人）／因为我灵魂里的光，经已熄灭／（但）我想再见一个黎明／在一个查查巴雅斯盛宴中逝亡。"这是豁达的，对"吉他嘻荷"的呼唤就像Bob Dylan对"铃鼓手先生"（Mr. Tambourine Man）的呼唤一样，是媚行者再次上路，再次寻问自由的呼唤。

西西：回来时更诚恳和宽容

西西在约三十年前的诗《长着胡子的门神》的结尾写道："如果我回来／不比以前更诚恳／把我捉去喂老虎／如果我回来／不比以前更宽容／把我捉去喂老虎。"三十年后，看完刚出版的《西西诗选》，从1959年到1999年，她的承诺做到了，我们看到的正是一个越来越诚恳和宽容的诗人形象。

相信很多人都看过西西的《我城》等小说，但看过她的诗的人恐怕不多。早在1982年，素叶文学丛书出版过她早期的诗集《石磬》，印数不多，现在已难找到，是许多爱诗者的珍藏品。西西诗选的卷一所收的主要就是《石磬》中的作品。西西早期诗歌充满童趣，常常以小孩子的眼光和口吻审视和评说这个世界，歌唱美丽和真实的瞬间；而对不美丽和不真实的普遍现实，她也并不讽刺，只是把自己的真诚静静地呈现在它的面前，比照出它的虚伪。这些诗在形式上比较受法国当代诗人普雷韦尔（J.Prevert）影响，流畅、口语化、以短句排列出明显的节奏感，轻轻的幽默平均分布在活泼的语调和趣怪的意象中。还有一些诗受西班牙诗人洛尔迦影响，学习民谣、童谣，像《一郎》、《那个秋天》等，前者简直是可以唱的。在《石磬》后期的一些关于中国的诗中，诗人沉

皇后码头废墟上孩子在吹肥皂泡,背后是抗议的人们

重的思考预示了她日后作品中更为深刻的对"文明"的反思，体现在她的一系列旅游诗中。

在西西最早期的诗中，她像是完全凭灵气来写作的，句子锐利、任性，和后期的理性、淡然很不一样，而且写作的基础比较不依赖经验，敏感和想象构成了她的超验世界。她中学时写的诗《在马伦堡》尤为突出，这首诗至今仍是西西的诗中我最喜欢的一首。诗是呼应法国新浪潮著名电影《去年在马伦堡》的，整首诗的句子表面上都互不相干，就像《去年在马伦堡》中的镜头转换，恍惚迷离又没有上下的逻辑；而在整体感觉上这一切又是相连的，就像电影中的长镜头，盘绕出一个迷宫，从句子到句子有着隐秘的联系，甚至像是单纯的能指游戏似的，如最后一句"给我一个锚。给我一座山。"两者的联系仅是锚的形状和汉字"山"的形状的相似。

诗选的卷二和卷三大半是西西近年的作品，较之卷一，最明显的变化是诗歌的关注点由自然、幻想移到现实，再移到"文明"，即其中的诗歌经验由超验移向直接经验甚至是间接经验。有一个有趣的隐喻很能说明问题，在她的《石磬》中有一首诗《广场》，说的是作者坐在广场旁晒太阳，看着鸽子、游人、阳光，人们告诉她画廊就在她所坐的长廊的楼上，她说："我知道"却没有上去的意思，显出作者是更为关注这个充满生气的现世的。但在卷三中却有不少就是关于文学的阅读和美术的欣赏的，并从此出发开始她对文明和艺术的沉思。这就是我说的间接经验，艺术品成为联结诗人和世界的窗，窗给人以一个好的角度和框架去观察窗外的景象，但它也有玻璃、帘幕，可能会影响观察。要以间接经验和学识来写诗，可能没人比西西写得更好——因为她有极广阔的阅读经验让她在文本世界中驰骋，只是有时我觉得这驰骋没有在现世中驰骋来得痛快而已。

不过这也是一个高度，看得出西西喜欢的拉美文学大师博尔赫斯对她的影响，博尔赫斯诗歌内容上对前人文本、失落文明的重视，对神秘结构、预示的喜好，在西西诗中也常见。形式上西西和博尔赫斯后期也有相似：技巧上日益平和、"现实主义"，整体结构上追求圆融。但西西的特点也是博尔赫斯较弱的：她擅长从平凡的铺叙中渐渐突入主题，像《六月》就非常成功；另外她也善于把握长诗的自由流动，像那首《一枚鲜黄色的亮丽菌》中迤逦蜿蜒的流走就甚为自然，她成功地把散文和小说的自由结构手法用到了诗中，其中的平衡是极难把持的，因此有一些诗显得太平淡和散文化了，和她某些小诗中像艾米莉·迪金森般高度凝练、跳跃的句子很不同。

虽有这么多变化，但有一点是绝对不变的，就是西西的真诚，其"思无邪"甚至让我们年轻诗人也感惭愧。一首"仿玄学派爱情诗"《咏叹调》，可谓西西近年作品中最令人感动的，讲述和一知己的感情，当中有亲密，亦有戒心，但随着年岁流逝，一切都淡然圆融了，不平静的只有挚爱的心，这颗心有想象的快乐："如果有足够的天地和时间／我们的确可以八千天环游世界",也有轻微的悲伤:"执子之手／你的手何其冰冷",但最后都释然:"从迷宫出来,只见一望无垠的沙漠／朦胧中,远处一抹晃漾的海市蜃楼",这就是一颗真诚的心。

这颗心以其平和的絮语宽容了一切变化。

天真之重
——在2010年再读《我城》

简体版《我城》封面上,这座城长出了两只脚,长出了两只脚,它却不走,是为了给飞鸟提供遮荫,提供一个隐秘的飞翔之地。

这是设计者陆智昌理解的现在的"我城"吧?他也来自香港,恰恰是和《我城》里的阿果、或更小的阿发是一代。我想象他重读《我城》,那种百感交集,应该远超于我,于是才有了这个隐喻深沉的封面。他们的城,有人选择留下,如貌似嬉皮实质朴实的阿果和麦快乐;有人忧伤地离开,也许包括阿瑜和她的丈夫,还有草地上变成了肥皂泡的人们;有人离开是为了更好地回来,如乘船远航的阿游,我希望,还包括陆智昌。

离开和留下,向来是香港人的重大问题,纠缠于文学艺术,更纠缠于上几代人的心。但对于《我城》里那个明朗纯净的西西,对于读《我城》长大的香港最年轻一辈,似乎都不成问题。香港,是经由西西和她一代的理想主义者命名为"我城"的,而他们的后一代的年轻行动者,以自己的态度和行为确证了这一命名,现在,我城早已不止是一本小说的名字，而是一种信念，由新的阿果和麦快乐演绎着，甚至感染了内地和台湾的年轻人。念兹在兹，如果可以这么理解，把一个过客之城接受为我城，那是对自己存在的确证。

但《我城》起初的确是一本小说，现在也是一本小说，一个优秀的艺术品，正是以其形式确证其信念的。现在这本小说被简体字印刷出来，简体的西西更显天真舒爽，也更配她那些克利式的简笔画，甚至更配书中那个简朴的70年代。

我还用普通话重读了一遍，才知道以前台湾的西西迷和现在内地的西西粉是如何感受这本书的原始魅力的，西西的语言节奏和内地的小说完全不一样，带来拗口的美感；而她轻快散漫的童心奇想，更是为内地已显世故的读者久违——也许正好让我们反思我们无所不用其极的被文学味精泡坏了的口味。西西也有纷呈的语言游乐，其想象在弹指间纵横，略加细渗的魔幻现实主义，时而又诗般任性和浓稠，她的叙事线随意漫游，散点开花，处处有惊喜——但这一切奇思妙想，始于一种素人画家卢梭的单纯，止于哲人画家克利的神秘，然后豁然开朗。

这是有爱者阿果、阿发、悠悠等的单纯，静寂的70年代被带出，这是香港的天真一面，不止是西西和阿果葆有，就算是那个时代的平凡年轻人，如和阿果一起应聘电话公司工作的人也有，他们天真地解构死板的问题，仿佛世界之纠结会迎刃而解。70年代的成年人班主任（也许是阿瑜一代）对学生阿发说的，其实也是西西一代对现在香港70后、80后说的："你们不必灰心难过；你们既然来了，看见了，知道了，而且你们年轻，你们可以依你们的理想来创造美丽的新世界。"于是我们再次相信，再次以理想为矛，更多了叛逆和反思为盾，来尝试创造一个未知美丽与否，但可以淋漓呼吸的新世界。

阿发的愿望又小又大：到世界各地旅行和创造美丽新世界，她如今也有四十多五十岁了吧，她们一代往往都做到第一点了，但很多人只做到第一点就停下来了，我们一代能做到第二点吗？两代中，仍惦记着这第二点的，还有多少人？我现在在远离香港游历中的另一个岛屿上重读《我城》，别是一番滋味在心头。读到阿发的理想，更是黯然伤怀——30年了，香港似乎仍被迫彷徨如许。现在香港的年轻人，能选择的是用脚投票，用身体的碰撞，去书写一个更艰难的我城。

西西这本书是写给同样有童心的人看的，但潜藏悲悯，比如她突然说："曾经有一次，不知是一个什么人说，中国功夫啊。人丛中即传来一声：中国痛苦啊。"历史的残酷在那朴素的乌托邦里稍稍探头，那是残酷未消的另一个70年代，寂静的火车里运载着尸体和棺材，离岛月光下美丽的菠萝田令西西想起的是67暴动时期的土制炸弹——那"菠萝"吃了小孩子。还有两队人捉迷藏和莫洛托夫鸡尾酒的隐喻，喝过酒的人都醉了，醉了之后一个也没有醒来。还有难民问题，巴比龙是一只不会飞的蝴蝶，在阿游的叙述中，和尚能飞翔的香港人形成无情的对比。如

从尖沙咀香港艺术馆外眺维多利亚港

中环卅间每年孟兰节要烧的鬼卒们

此等等，天真之重，几乎难以承受。

　　阿果和麦快乐却意外地承受了。这两个长头发的香港"嬉皮"，是很健康的嬉皮，也是极喜欢和人微笑的人，阿果被问问题的时候，总也想反问一些有趣顽皮的问题。但是这样的人，现在香港也是更少了。那时代人的理想很朴素，做一个电话技工、铁路技工，都是幸福的，"双手劳动，慰藉心灵"，现在是多么困难——其原因在即使表面很像童话的《我城》中也早露端倪：如第九章，结尾火车一段，触及我城开始不断拆除变容的现实，呼应该章开头房地产投机者的升值欲，夹在中间的是对朴素的生活的描写，教人伤感。现在西西的小读者，就是要站出来保护中间这朴素而珍贵的生活。和第十章的舞剑者不同，包裹的城市与舞剑者的寓言中那想要割破城市包裹的舞剑者最后只能睡着，现在我们是不能睡着了，因为枕榻旁边，乃是无厌的饕餮商业怪兽，要把一切无价者变成买卖之分毫。

　　我们感激西西对我们的提醒，我城不只是香港，是一切我们仍珍惜及想要驻足之地。麦快乐说的"足下这个小小的城市"，等于露营的人说的世界："世界原来是这样的，要你耐心去慢慢看，你总能发现一些美好的事物；事物的出现，又十分偶然，使你感到诧异惊讶。"比如我高兴地发现，西西写的离岛就是大屿山岛，涌镇就是我居住的东涌，而东涌的美丽行山径，也许是当年的犯人修筑出来的……一代人就这样重新认识自己之所处、重新认识自己。

曾经，"你把身份证明书看了又看，你原来是一个只有城籍的人。"但你祈祷"天佑我城"——那是一个香港人还要唱《天佑女皇》的时代。现在电视新闻播放前奏的是《义勇军进行曲》，你仍然是一个只有城籍的人，口号里喊着"背靠祖国，面向世界"，但你知道我城之所以能成为我城，靠的仍是我等小民。

《我城》有一个Happy Ending，因为阿果是一个电话技术员，他能接通未来的电话，问一句：世界会更好吗？而我们在长达三十年的电话线另一端，学习了天真之重，也学习了卡尔维诺所言的俊逸与轻盈的力量，因此仍然能回一句："很好，我很好。"

从拜物者的乌托邦走向可能世界
——董启章长篇小说《天工开物·栩栩如真》

香港青年小说家董启章长篇小说"自然史三部曲"之第一部"二声部小说":《天工开物·栩栩如真》,在台港多种年度书籍评选中都被选入十大。这种个人史诗式长篇小说,其写作毅力本身就值得敬佩,尤其在香港这个崇尚轻薄的社会,一本近500页的小说是一个奇迹。而董启章从开始写作就有意识地通过多部作品建造一个共同的虚拟世界,他们沿用相同的名字,像V城、董富、栩栩、小冬,这是西方正典的叙述大师的基本手法和野心,这"自然史三部曲"无疑是他的世界目前最重要的部分。

当然,我们衡量一部作品的杰出绝不是看其厚度或作者的野心,而是看作品本身所达到的深度。打开这本《天工开物·栩栩如真》,一路翻下去,首先我们只会满足于这是一部技艺纯熟的现代小说,它展示自己的各个细节引诱着学院式批评家的解读;后来你惊讶于这是一部复杂到极致的后置小说,把那个术语的可能性发挥得淋漓尽致,当以上两种发现反而令你作为一个有所期待的最佳读者觉得不够过瘾时,最后你却发现不知不觉被董启章引领到一个技艺难以涵盖的境地,在那里你只能和作者一起慨叹写作之痴。

这部小说首先是董启章或"我"个人的物史。现实中的董启章的名片上印着"董富记文字工场",这是他对他小说中叙述的他的爷爷和爸爸经营的"董富记"机械零件制作工场的继承,而在这部小说里他采取的基本手法就是像制造零件一样制造出组成故事的物的意象,再制造出物的隐喻以及隐喻的延伸,再由这些意象群编织出一个完整的象征体系。

实际上这更接近一组长诗的经营手法而不是一个故事的叙述手法。但这二声部小说的其中一声部"天工开物"的部分全是这样组成,并且为另一声部"栩栩如真"提供了把想象沉淀下来的喻体。"天工开物"的部分是关于作者董启章或叙述者"我"个人的对象发展史,从收音机、电报、电话……到照相机、录音机和书本身,每一章都由"我"向他虚构的人物"栩栩"回忆一件对他和他祖辈、父辈有意义的人工创造对象,再带出"我"和"如真"等人的情感经历,其间纠缠着对历史、血脉、爱情和写作本身的思考。你可以大致推理出这么一个在"真实"世界的故事脉络:"我/董启章"是怎样继承其祖父母"正直人董富"和"扭曲人龙金玉"的特征,经历了"V城"的盛衰、友情和恋情的破灭,成为作家,通过写作创造了自己的替代性人物"小冬"和理想女性人物"栩栩","栩栩"为了寻找"小冬"来过"真实"世界然后回去"人物"世界,于是就有了这一声部的"我"写给"栩栩"的信,意图细说重头。

什么是"正直人董富"和"扭曲人龙金玉"的特征？所谓的正直人董福迷恋的是不自然的电子制品/电波/收音机，所谓的扭曲人龙金玉沉迷的却是自然的神秘/蝉声/贝壳化石，但两人却能通过各自的媒介联络起来，因而相爱、结合，在龙金玉死去以后董福还继续向夜空中她的灵魂发去不可解的密码讯息。"而我，更接近阿爷的虚幻，阿嬷的曲折。"董如是说，他迷信"制造"的力量，相信写作和想象能够改变世界。

从制造出发，"我"走向对人造物的膜拜，其实是对其蕴含的隐喻的力量的膜拜。小说中反复出现的叶芝的《航向拜占庭》是一个关键的潜文本：

> 一旦超脱自然，我将绝不再采用
> 任何自然物做我身体的外形，
> 而只要那种古希腊金匠运用
> 鎏金和镀金法制做的完美造型……
> 栖止在一根金色的枝头唱吟
> （傅浩译）

拜占庭所含的完美主义人工世界的隐喻，是物之极致，他们认为机械的鸟儿比夜莺唱得更婉转。少年、青年的"我"也如此相信。但是到故事的最后,他却发现作为科技发展产物的Walkman录音机竟成了他和挚友"显"的隔阻,甚至成为泯灭他的爱人"如真"的声音的偶然力量。人造物的神话破灭,远远比不上先祖龙金玉赖以收听神秘之声的一对贝壳。

"我"企图以"开物"代替"天工",但是没有天工,物岂能开?而栩栩,也只是如真,不是真。只有摆脱对物的依赖,"栩栩"才能成为另一个真实的存在而不是"如真"的替代物。

在繁富的物的历史叙述之上折现的,更吸引我的是和这些物的制造演变密切相关的香港现当代史。小说一开始就涉入对"二战"前V城(隐喻香港)的描写/虚构,在本土写作中是相当罕见的,但董却擅长于此,就像他曾沉迷九龙城寨一样沉迷于那段历史。

这种折现越来越沉痛。"电视机"一章后来的故事便是V城的盛衰史(或者,所有香港当代小说都是),但,V城的盛衰有那么重要吗?这个问题请允许我们当局者迷。还有后面电子表一代的悲歌:

我们这一代在石英晶体三万二千七百六十八赫兹的标准频率和每年不超过一分钟的误差下成长,我们的行动划一整齐,我们的脑袋装嵌有序,就算部分难免粗制滥造,也保证能够大量出厂。只是,我们的能源

董启章在牛棚艺术村

有限，损折率高，而且渐渐被培养成贪新弃旧的败家子性格。视野短浅的我们，没法明白纯机械的永恒运动是怎样的梦想，怎样的境界。我们漠视了机械，因此也无法了解自然。

这个隐喻建立得巧妙，但与作者同代的大陆读者可能比较难代入这个人史，而且也很难感受香港人在变迁中的巨大失落，这失落能够容忍适当的滥情。

但董启章的历史抒情目的并不在于城市凭吊，

那些渴望沉醉于历史缅怀和童年忆旧的同代人，则会觉得一切太缺乏代表性和共鸣感。至于那些只愿读到政治正确的童话故事的新派批评家，也许会诟病我对某些题材的沉溺和描绘上的放纵吧。我不知道，我不应该说这种自以为不被理解的晦气说话。我已经尽力把事情说好，准备回应你的责问，谋求你的认同。栩栩，如果你明白，说到鬼的时候的哀伤。

鬼的哀伤是曾在者的哀伤，我们庆幸它在，却害怕见到它在。

作为纯粹从虚构中产生的小说"人物"是物的特例，它是完全从无到有，又呼应着鬼的哀伤，鬼，是从有到无。这是二声部小说之另一声部"栩栩如真"的辩证法。

首先我们目睹了栩栩的诞生，她作为一个人物从开始就是17岁，因为作者的安排，没有过去。栩栩的世界是个物化的世界，人均有物的部分、工具的部分作为肢体，此所谓"人物"世界，人和物是不分的，但栩栩仿佛除外，即使栩栩偏偏是个小说家塑造的中心"人物"。

董启章乘机批评了传统小说的角色，实际也批判了香港或现代城市的异化，所谓人物法则，就是抹煞人的可能性，把人制约为人物，要求人物扮演好固定的社会角色。在人物世界，一群董创造的"我"创造的人物在董的安排下反思起人物存在的意义。虽说归根到底还是在独裁者的控制下的反思，因为作者"在温文的动作中，在亲爱的表态里，我其实依然是个独裁者"。而在"天工开物"部分"我"的童年里，所有必须的角色亦都有其扮演人物，每个人都代表了成长小说中的一个类型。此也恐怕是"我"作为作家无法避免的。

"栩栩如真"部分的故事就是：栩栩在人物世界被创造出来，她在学校遇到小冬，后者令她产生了人之特性和爱情，她为了寻找小冬去到真实世界，遇见"我"然后仍回到人物世界，参与人物的革命，发现小冬是她的创造者，最终脱离"物"迎向"可能世界"的新生。

实际上，"我"和"我创造的人物"都是董启章创造的人物，董创造的"我"创造了"小冬"，"我/小冬"又创造了"栩栩"，这真是极端的故事里的故事结构。其中关系纠葛生痛。

中环街头，名牌与欲望

作者给自己的人物栩栩写信，无意间暗示着他对她的爱欲渴望关系。即使是明知在"文字工场的想象书写过程"里。作为文中作家的"我"是一个多少有些自私的"我"，下意识里一步步达到了目的：想拿栩栩替代如真。但这就涉及"虚构"的道德感问题。最终他反省了，放弃了这欲望。在"真实世界"一章里扭转乾坤，"我"也真正获得"人物"的身份，彻底从董身上出离。真实、虚构、虚构之虚构，在这里完全交错相生，复杂得无有头绪。从"我"对栩栩/如真的"痴"里带出的是董对写作行为的痴迷，个中滋味，非写作者难会。

关键在于：这时出现的关于"巧饰"的说法，是"我"，也是叶芝巨大的迷思。在《航向拜占庭》里，这"巧饰"会可怕地否定人性："耗尽我的心吧；它思欲成病，／紧附于一只垂死的动物肉身，／迷失了本性；请把我收集／到那永恒不朽的技艺里"，这技艺就是"巧饰"。

"我"尝试"在文字游戏世界里，创造了真实的你，并且通过跟你的倾谈和告解，去正视自己扭曲人的遗传，并且从对正直人的反思和学习中得到救赎？"但这可能吗？为什么要这样做呢？"由对象虚拟合成的你，通过文字工场的想象模式，蜕变成真实的肉身。"因为是不可能的，所以这部小说是拜物者的乌托邦蓝图。物的拜占庭上升为写作的拜占庭，拜物者也因而在痛苦中净化。

栩栩和小冬的爱情故事，本来是两个人物的爱情故事，但因为小冬又是作者的投射，因而痛苦。为什么人物不可以和创造者永结同心，白头偕老？这几乎成了一个悲剧童话的经典模式了。回看正直人董富和扭曲人龙金玉电波相交的爱情故事，那才是全书最美的部分，因为它不依赖那么多东西，所以接近创世神话的纯粹。

这时让我们回看书首的序，署名"独裁者"的序很可能是董启章自己写的，很不留情地自我批评，"这本书所标志的就是对这统一体的追求，和对其不可得的焦虑和失落"。

序指责这是一本自我的书，即指作者是独裁者。这独裁者甚至不是传统小说里那全知全能式作者，而是一个抱不可能理想的悲剧英雄人物，因为他无法独裁，"作者所忧虑的，其实就是'无用'的想象和写作，如何能回应现实世界和现实人生的问题吧"。序的猜测，加上后面引的巴赫金的壮语："艺术与生活不是同一回事，但应在我身上统一起来，于统一的责任中。"关键词都是"统一"，但这只是"虚幻的，暂时的一致性。至于真正的完整，也许，还要期望于自我的崩解，和对他人的回应。"而"回应"则与前面的"责任"同义："answerability"。

实际上，作者只能承担责任，而不是去主宰。小说的发展到最后是逆反独裁者的控制的，栩栩选择的可能世界，是一个作者"我"和"小冬"，甚至作者董启章本人也未能把握的世界，但是，它在栩栩的能动性下存在了、存在着。它期待着在此后两部"自然史"中的生长，照料这生长，就是作者的责任。

文学与行动的辩经仪式
——评董启章《物种源始·贝贝重生之学习年代》

"香港从来不在乎文学,何况董启章式的书写。但因为有了董启章,香港有了另类奇观",这是王德威为董启章的《物种源始·贝贝重生之学习年代》(下称《学习年代》)写的序言中最直截明了的一句话,它有两重意义:小说本身的独特,以及在香港这样一个环境中写作这本小说这一行为的独特。这是一本奇书,香港不可能有的奇想,它的生成方式诉诸形而上的思辨而不是诉诸对形而下生活细节的把握,也是它有别于其他的主流"先锋"小说的。目前汉语文学有一种潮流是逃避难度、掩饰难度,甚至贬抑难度(无论它本身是否具有难度),以至于像董启章这样直面写作难度的小说家成了难以理喻的异类。

这个难度不止存在于小说作为文学的构成上(小说的一半内容是对其他作品的讨论,议论而非叙事成为小说的另一个重心,挑战着读者的耐心和细心——如何在议论中寻找到未来叙事的走向?),它更触及两个长期质问着每一个严肃写作者的、让人非常为难的问题:第一,作家作为一个创造者,他的自由有没有限度?这是董启章一贯反思的一个主题;第二,文学与行动之间关系如何、思考者能否对现实采取行动,而行动又能否取得结果？这重问题在"自然史"三部曲的这第三部上篇终于大面积地起动，然而并不提供答案，也许写作的过程本身就蕴含着答案，也许并没有答案。这一切的发生就像观看喇嘛辩经，我们听论辩如音乐，但在最后的沉默与击掌之间，意义获得了自足或者说我们所不理解的自由。

《学习年代》仍然是董启章着迷的成长小说（也许他的所有小说都是成长小说），《学习年代》调动一切手段来呈现作用于一个特殊个体的成长之上的种种，与传统成长小说不同，这里的小说角色和小说本身都被置于一个实验场内提问、回答，甚至行动。故事说简单也简单：一群青年在远离香港市区的西贡组织了读书会，一起阅读有隐含的共同主题的十二本书，其后此地发生保育运动，青年们以不同的方式做出了行动，阅读与行动暗中有关涉，这期间，小说的主角阿芝记下了自己的"学习与成长"。

巴赫金说有两种成长小说，一种"成长的是人，而不是世界本身"，另一种"人与世界一起成长，他自身反映着世界本身的历史成长。他已经不在一个时代的内部，而处于两个时代的交叉点，处于一个时代向另一个时代的转折点上，这一转折寄寓于他身上，通过他来完成。他不得不成为前所未有的新人"，《学习年代》属于后者，阿芝和读书会的成员接受的是成为新人的考验，现在的香港的确来到了一个转折点——这也折射出时代的转折点：此时此地，资本和权贵的赤裸裸交易已经到达极限——从小型的拆迁（码头、街道）到巨大的赌局（高铁和相关地产项目），香港还能再忍吗？青年们还能再忍吗？在此刻抵押着的就是香港的未来，现实的香港青年们也选择了行动来抵抗这一切。

《学习年代》从小处入手，虚构西贡的"大庙行动"、"树人行动"，然后把这些可能成为"新人"的青年们从读书会的纸上谈兵中拉出来，投入直接的矛盾中试炼。他们展示出不同的可能性，这也是董启章作为一个行动者和小说家双重身份的特殊行动：他的行动必须通过小说来进行（对比董启章在2007年清拆利东街事件时在报章上写的文章，小说更具有启发性，是其他形式的写作所无法取代、无法想象的）。

就人物角色来说，董启章的角色并不等于他小说里引读的葡萄牙诗人佩索阿的"异名者"，阿芝as贝贝、中as不是苹果，这两个主角已经承载着之前董启章小说世界所赋予的自主生长性，她们的成长和发展受制于之前的整个小说世界，而不止是董的想象和立场。而其他不少次要角色则与香港的现实相关，受制于他们的原型和现实。真正成为董启章的"异名者"的，在本书中最突出的是阿角，与作家董启章埋首写作小说相反，阿角成为一个向自己负责的安那其式新人，选择的是最极端的行动：无论他攀上灯柱时他是渴盼天堂的杰克，还是被杰克杀死的绿巨人（在童话的深层两者其实同一），他是真正的行动者，阿角说："至少我在大家面前示范了这个跨越的动作。"这里有一个富有意味的细节：阿角最后展开的标语"在空中不停扬荡，很快就扭作一团，完全读

行为艺术家丸仔在皇后码头表演

不到了",阿角的诉求并不重要,重要的是他"采取行动"这一行动本身。而吊诡的是只有小说后半部的一连串行动使小说回到传统意义上的小说,小说人物的行动成全了董启章的行动。

在小说里读书会最后一部阅读的作品萨义德的《晚期风格》中说,"在艺术史里,晚期风格是灾难","大师姐"解读说:"通过制造灾难,通过把自己变成一场灾难,艺术家实现了自己在美学上的自由",这并非是操控角色命运的自由(董启章一直反思这种自由的限度——"小说写作当中,作者有多大的自由?而小说的自由又如何引领到现实的自由?虚构和真实之间有怎样的关系?把虚构用于真实,或者把真实用于虚构,会否出现问题?")就《学习年代》而言,一部这么不像小说的小说,董尝试的还有小说本体上的反叛,它对抗的是小说的规律本身。现实的香港青年在挑战香港已经僵化的政经规则的同时,小说家也在挑战僵化的小说规则,这也是想象力的操练,缺乏想象力的行动和抗争,就像一部描写革命的陈套风格小说(如苏俄大量的革命现实主义小说)一样失败;而一部反思革命的实验小说,就像富有想象力的行动抗争一样成功。

这时候来理解董启章此小说的意义则相当明了,如果生活皆政治,写作也是作家的政治实践。就像讨论诗人佩索阿的时候,"华华"所说:"他就有本事把这'一事无成'变成一回事。一个无法完成作品的人,反过来把未完成性变成他的作品的特质……佩索阿是形态非常特殊的行动者,他以非行动的方式来行动!他以推翻自我,化整为零的方式,向这个一体化的世界发动自杀式袭击!"选择一种写作方式就是作家面对世界的姿态、立场所在。反过来说,目前我们的行动者在现实上的一系列失败,是否就是真正的失败呢?貌似这巨大的权贵机器及其世俗纠葛不可撼动,就像小说里一样,那么我们的行动者有没有可能像佩索阿、董启章或者阿角一样,以一种特殊的方式去袭击这个顽固的世界?小说从各种方面提供了启迪,如梭罗的"公民抗命"、巴赫金的"狂欢节"、一行法师的"入世佛教"等等,但是并不提供答案,因为小说是小说而不是行动指导册子,董启章必须在自己的小说中实现小说本身的自由,它不一定对应现实的自由,但是它挑战着个体的有限性,小说就是作者的阿基米德点!在那里我们"可以看到地球的整体,可以完全把握地球的一切,可以举起整个地球,也可能把整个地球扳倒"。

对于学习时代、成长期的阿芝和中,性一度是她们的阿基米德点,阿基米德点并非在地球外,而是在身体之内,既是通过性对自身的确认(中和阿志的做爱),又是超越了性的一种推翻(两人做爱时想象另一人在某点的凝视、撞破别人做爱的时候自己的凝视),推翻世界和自身,从而走向更深的自我认识。而阿芝重新认识了汉娜·阿伦特所说的爱:"爱不仅是非政治而且是反政治的人类力量,甚至可能是最强大的反政治力量。"这未必是最佳答案,但起码是阿芝在整个学习时期中能够把握的一种信念。

说回行动本身，行动也应该找到这个阿基米德点，否则将永远局限于一时一地的拉锯战（当然我也赞同寸土必争），且必须承受大部分的失败，或者迷失运动的意义（俯就小市民逻辑，甚至建制逻辑）。但就像性和爱是极端个人化地属于小说里的阿芝和中甚至魔豆，行动的阿基米德点也应该是个人化地属于行动中的每个人，这点上我只能认同阿角——"我唯一的期望，是更多的个人，以自己的方式提问，以自己的方式行动起来，以行动贯彻自己的提问。这就是我们必须发动的——和平年代的战争！"

"和平年代的战争"据说就是未来的第三部下篇，也即终结篇的主题。这一部分的写作董启章已经在进行中，就像在《学习年代》中他大举使用了当代叙事文学所忌讳的议论手法，在下一部他还大量把戏剧的成分融进叙事之中，而且不是戏剧性，而是戏剧本身，一来因为主角阿芝将进入一个剧社"实战"，二来戏剧的排练过程和演出过程本身提供了一个董启章想象"行动"的"场合"。在《学习年代》的读书会中，每个阐述自己意见的人都成竹在胸，所以读书会已经很有剧场感，在下一部董启章将更多涉及"真正的"剧场。在已经完成的部分中有一段戏剧最近被董启章和前进进剧团抽出来，在现实中排演成为《断食少女K》，主题是"最后之后的新饥饿艺术家"，卡夫卡的饥饿艺术家在董启章式的香港处境中再度受难，探讨的却是行动哲学中"拒绝"与"反抗"这貌似承接又貌似矛盾的两个关键姿态，行动者仍将和自我争辩。

黑鸟的郭达年在声援拆迁户的现场演唱

叶芝说："通过跟别人争论，我们创造出修辞术；但通过跟自己争论，我们创造出诗歌。"董启章的自我辩论创造出这时代处境剧的饥饿艺术。在一个反智反深度反难度的城市/时代，可以想象在《学习年代》里自我辩论者董启章的孤独，辩经中沉默和击掌的是同一人乎？这群读书会里"剧谈"的青年们让我想起80年代的北方诗人们，他们读书会涉及的小说都很"泛政治化"，而且是写青年对政治的独立选择其艰难其挫折。暴雨将至，"和平年代的战争"会是如何？可以想见的是这并非真正意义的战争，甚至不是目前我们在香港选择的"抗争"，它将包含更多的反思和想象力，也将有更大的难度：它将提供更多的问题而不是答案。

这正是一部小说、文学应该做的事。如果我们期待董启章的小说竟能提供行动的指南、社会抗争的创见的话，我们必然会失望——而我却赞赏这失望，因为文学源于失败、源于人类伟大的失败；我们的社会创造与抗争也经历了一场接一场的失败，这个我们毋需讳言，但是怎样使失败具有意义（不是寻找下台阶）？文学和行动者都有义务苦思下去，虽然未必获得成功但将学习到各自的自由。小说不提供具操作性的图解，但它是展示存在之可能性的一幅变化着的图景——这也是好文学自身应有的魅力和力量。

摩罗诗人的多重意义
——论诗人蔡炎培、陈灭

1907年鲁迅先生作《摩罗诗力说》，荐举"立意在反抗，指归在动作，而为世所不甚愉悦"的反抗诗人，特意点出诗歌天性中的不随俗同沦："其声度时劫而入人心，不与缄口同绝"，正因这诗歌天性的存在，诗歌中的反抗，在每个时代每个地方都存在着，即使是犬儒之风极盛的今日，即使是推崇安分守纪、和光同尘的香港。

蔡炎培、陈灭，这两个诗人都算不上普通意义上的"抗争者"或"抗议诗人"，不能也不欲做到传统意义上的"动吭一呼，闻者兴起，争天拒俗"，但他们分别从一个不合时宜的佯狂者、一个归于日常的无政府主义者、一个反思抗争的沉默抵御者这些原本有些无奈的身份中出发，思索当代诗歌所能做到的反抗意义，使他们成为特殊的反抗者，也使被困于怀柔反抗精神的当代世界的诗人乃至一般个人都能从中取得学习抗争的可能性。

虚无者之佯狂——蔡炎培

"佯狂",出自《史记·宋微子世家第二》:箕子谏纣不果,"乃披发佯狂而为奴,遂隐而鼓琴以自悲",这是一种在被压抑状态下勉而为之的反抗,故有"佯狂以忘忧"之说,通过"狂"来逃避强权,以图保持内心的尊严,乃至发之为歌。

和大陆、台湾两地的诗歌相比,香港的现代诗可以说是最"温柔敦厚"的,即使题材大多涉及普罗阶级的生活、困境,我们充其量只能从中听到"怨",更多是"怨而不怒",更谈不上狂。回溯到更早的五六十年代,甚至最早的30年代,柳木下、何达、温健骝等都有出自愤怒的诗章,犹以柳木下最为硬朗。但温和、平静的诗风已经开始成为诗坛的主流,诗人们习惯于在一个被人忽略的位置、默默地写着只为自己的心灵负责的诗歌,并且以诗歌的快乐来安慰自己这样的位置是理所当然的,这也许有益于灵魂的沉淀,甚至诗艺的长进,但同时也导致了在需要对社会发言时诗人的缺席,精致的小品很多,震耳欲聋的力作很少。

在这样的一个诗歌环境中,50年代中后期,诗人蔡炎培的出现可谓横空出世——这个人非常不香港,他率性狂傲,为自己的诗人身份自豪,显山露水、持才纵横;但他又非常香港,一直坚持把最地道的俚语入诗、书写"鬼五马六"式的市井江湖人物,并且像一个酒鬼、赌徒一

蔡炎培在陆羽茶室品茶

样嬉笑怒骂。当这两点碰撞在一起的时候,出来一个独一无二的蔡炎培,黄灿然说得很准确:"其个人气质一直非常鲜明,非常蔡炎培……是个天真(天生而真实)的诗人,且诗如其人:不讲逻辑,但真情流露。"

既然是真性情,蔡炎培的许多诗都有非常温柔的一面,如其名作《弥撒》,甚至书写"文革"的《七星灯》,把对国家命运的关注投射到一个虚构的北京女大学生身上,深情万分,以硬笔写柔情:"桃红不会开给明日的北大/鲜血已湿了林花/今宵是个没有月光的晚上/在你不懂诗的样子下/马儿特别怕蹄声",与以柔笔写硬情:"突然记起棺里面/有吻过的唇烫贴的手/和她耳根的天葵花/全放在可触摸的死亡间/死亡在报纸上进行",相杂、举重若轻。

更多的时候,他是出入于温柔和孟浪之间,如其200行长诗《离骚》,起伏顿挫,几至癫狂又不时回到沉思和回忆的静寂之中。孟浪疯狂之辞反而使温柔之辞更动人。而蔡炎培最大的特色,就在于这些孟浪疯狂之辞,它们同时又受到他的天真、深情所牵制和辅助,成为他最独特的反抗之姿态——面对这个约束个性的世界,同时也是伤害真情的世界。

陈智德对蔡炎培的语言方式之目的有深刻洞见:"在蔡炎培自言的传统以外,还可见另一文化的结合,如香港的市民文学、文言白话混合粤语的'三及第'语言的吸收和一点戏谑生出的反叛，如《老K》、《风铃》等诗作，当中的反殖非出以左翼的政治语言，而是采用三及第式的民间语言，以不正规语言达到反建制效果，因此其诗中的广东语言非为娱乐，而具政治性指向，当然蔡诗，特别是六七十年代诗中的政治并非指向革命和批判，而是指向虚无。"

陈智德说对了大半，首先他纠正了陈见中对蔡炎培诗中戏谑之辞的误解，指出那并非一种"娱乐"，并非后来形式主义者们热衷的文字游戏，而是一种反叛，具有语言上的反建制作用。这一点对于正确认识蔡炎培诗歌语言特色非常重要，它貌似和日后后现代主义诗歌的某些特质（戏仿、拼贴、互文等）暗合，成为一个能被追认的先驱，但其出发点却来自传统——陈智德点出了语言，没点出这语言背后蔡炎培的精神。

这是中国传统的一种佯狂的激进者的精神，比较早的代表者如楚狂接舆，后来有竹林七贤，有中唐卢仝、刘叉，更晚有晚清的易顺鼎，到民初它时而以"名士风度"出现，掩饰的却是来自革命时代的血性。在维新运动至一次革命时期，这种血性名士特别多，遇国难则起之，行动极端，宁为玉碎，而剩下的幸存者，则佯狂以忘忧，放歌以追怀烈士、调侃世道。蔡炎培在诗辑《中国时间》中做的就是这样的事，《吊文》写辛亥烈士，《六君子》同时写戊戌六君子和柔石等左联烈士，《风声》写孙中山，半是嘲讽半是沉痛。

蔡炎培早年诗作挥霍才华的方式又和易顺鼎何其相似，人也相似，易顺鼎自道："冥顽不灵，放达不羁。其自视也，若轻而若重；其自命也，忽高而忽卑。" 尤其"忽高而忽卑"这一点，在蔡炎培很多诗作中可以看到，例如著名的《老K》，里面包含了反复的沉沦、升华、沉沦……的过程，耶稣、撒旦和沙甸鱼乘客、卖票人等交替出现，中间的飞纵乃是诗人之骄傲反逆俗世："在这原来的地方，影子们的一角／像静默的银质我潜行／把风交给海，把领巾交给风。"

易顺鼎善作卢仝一般的长短歌行，率性飞动，他们的文字本身就是对颓废的中唐文化、晚清文化的一种反对、挑衅，蔡炎培的文字又何尝不是对六七十年代陈腐保守的殖民地文化的挑衅，后者为文艺暗中树立的低调、平实价值观，就连反对它的所谓"左翼文学"也落入其套路。蔡炎培不自居左翼右翼，但放肆的语言形式却容易被"左翼"批评为脱离现实、脱离大众，并非革命。

他的诗却在人之性情上达到了"革命"——即回归本真上去，正如易顺鼎《读樊山〈后数斗血歌〉作后歌》所言："无真性情者不能读我诗……我诗本来又非诗，我诗乃合屈原庄周而为之。我诗皆我面目，我诗皆我歌哭。"蔡炎培也是以对真性情的坚持来反抗这个约束个性、伤害真情的世界。前者犹如他写于1965年的《七零一病室》，诗人以假疯狂的文字来实行对真疯狂的世界的拒绝，"护士室的铃声突然大作／原来急于抢救藏尸间的复活／幸而谁的胸前也有耶稣／这时只有我，和着我的病/等着一张解剖床/或者一把刀/在你突然松开的手中"。诗人胸前没有耶稣，他甚至拒绝"救赎"。后者则普遍见于他的情诗，他的激情为俗世所不解，他却不懈地剖白、振振有词。

蔡诗人并非是个政治诗人，但政治不可避免地渗进每一个热血的人的诗中。陈智德说蔡炎培"六七十年代诗中的政治并非指向革命和批判，而是指向虚无"，说得对，但是虚无正是60年代以后的革命的其中一面，相对于普世的新犬儒，虚无的不合作也算是无政府主义的一种消极反抗方式。更要点出的是，直面虚无不等于虚无主义，更不同于新犬儒主义的玩世不恭。而蔡炎培一直坚持的向本真性情的回溯，正是于丽娅·克里斯特娃之反抗理论中的关键词，"如今当人们提到'反抗'、当媒体使用'反抗'一词时，通常的意思恰好是以虚无主义的态度中止回溯性追问"，所以蔡炎培的虚无并非虚无主义，因为他从未停止向"真"的回溯、追问。

虚无是一个起点，萨特说："虚无化的任何心理过程都意味着刚过去的心理状态和现在的心理状态之间有一条裂缝。这裂缝正是虚无。""虚无是否定的基础，因为它在自身中包含了否定，因为它是作为存在的否定。" 从虚无与否定出发，诗人似乎理应走向对日常状态的存在的质疑和反抗之中，但是蔡炎培到八九十年代之后的诗的确更多是沉溺于虚无与否定之中，醉话连篇，读者能感受其中郁闷，却难以理喻其希望。他没有也似乎不想跨过过去与现在心理状态之间的裂缝，反而在裂缝中自得其乐／自矜其哀，彻底成为一个佯狂的醉者。

　　表面上，政治语汇和时事意象越来越多地赤裸裸地出现在他的诗中，然而却被迅速消解其固定意义，令人莫测其臧否。例如他写1997年立法局解散："他们陆续散去／声言再来／他们一定会来的／他们是某一天的股票价位／某一天的杜琼斯指数"（《大葛楼之墟》），这里暗含一种看破政治游戏的戏谑，但又似带期许；他写2005年反世贸运动："一盆盆盆景心动了／很想下楼去看看热闹／你挤我逼，依然走不动／唉，这世界，他们只有头颅"（《盆景》），既讽喻不行动者之无法行动，同时又似乎隐喻他们到了绝境时会有必死的决心（试联想"头颅"意象在革命叙述中的象征作用，"抛头颅，洒热血"、"引刀成一快，不负少年头"、"好头颅，谁当取之？"……）；他写爱国："我不准你笑得像哭／谁叫你自由恋爱／嫁着我这不三不四的人"（《方靖音乐会随想之零　我爱你：中国》）。诗中之"我"当是现代中国之喻，"你"则是爱国知识分子之困境，这里包含的情绪既非后悔亦非自豪，而像是对哭笑不得的尴尬状况的一种承担。

　　海德格尔说："其实，革命者的本质不在于实施突变本身，而在于把突变所包含的决定性和特殊性因素显示出来。"蔡炎培当然不算是革命者，但是当他置身时代巨轮下之时，他把自身完全敞开，充当了最敏感的一支温度计，揭示着这时代的种种矛盾与疯狂是怎样作用于一个"冥顽不灵，放达不羁，若轻若重，忽高忽卑"的诗人身上的，这里面所包含的决定性和特殊性,越是晦涩,越堪咀嚼,纵然他拒绝咀嚼,只要求你痛饮。

与沉默辩驳的猖狂——陈灭

作为一个人的两个分身,学者陈智德和诗人陈灭之间的表面差异越来越泾渭分明。陈智德擅长史实钩沉,对香港新诗史如数家珍,同时也不忘关注香港以及大陆同代人的诗歌创作,他自己也书卷气十足,默默研究、不尚空言。但陈灭这个名字,近几年越来越多地出现在文化运动的最前线,以诗发言,冷峻绵密,时作狮子吼,让习惯他温文尔雅外表的人吓一惊。这时再看陈智德,原来已写《抗世诗话》,发鲁迅《摩罗诗力说》之旨于今日,与陈灭呼应。

单字一个"灭",这样的笔名让人想起禅宗"见佛杀佛,见祖杀祖"之决绝,但从收录在第一本诗集《单声道》开始,陈灭的诗就不是大刀阔斧式的顿悟禅,而是细密繁复的藏传佛教式辨经。"陈灭"这个笔名启用于1997年《呼吸》诗刊第三期发表《最后一课》时,他的技术此时已经成熟,更突出的是,他开始有意识地成为"诗言志"这一诗歌理念的秉承人。他有很多话要说、很多理念要表达,但是他的性格决定了他不可能像惠特曼般放声直说,他沉醉于喃喃剖析内心最萦回不息的执念,但复杂的情感因为和自己的反复辩驳反而变得更为晦涩。他那个时期的诗在三重空间中走着自己的迷宫,不介意听者是否能明其志,这

陈灭在皇后码头朗诵诗

三重空间就是：重复出现的意象群和精心挑选的呼应文本，还有杂沓混合的时间层。

言志，就必然涉及"真实"、"真诚"的问题，正如我在论蔡炎培文中指出，向"真"的回溯，是当代反抗理论中的关键词，而此时的陈灭是通过呈现自己与自己的辩论来证明他对"真"的执著，也就是说如果他不把自己的理念或情感梳理清楚，他不会轻言对自身以外的"反抗"。但陈灭对"真"的阐释就异于常人：他的第一、二本诗集分别命名为《单声道》和《低保真》，这两个音响术语都是相对于高保真的录音技术而言的最简陋的录音技术，陈灭自己解释道："它完全没有杜比立体声或其他先进音效，连'立体声'也不是，它不会保留真实的所有，却是过去长久以来最熟悉的声音。""相对于'立体声'的'单声道'才更原始和粗糙，更接近'本真'。"这是就一种主观经验而言，在《单声道》的序言里，诗人小西则作了这样的理解："这种'本真'的失去，首先意味着声音背后的某种精神，在时间中的流失。"

这种精神为何？首先我们要追问"失真"——也即陈灭在《低保真》中直接书写的"Lo-fi"意义为何？在音乐美学上，音乐评论家郝舫把它定义为在1993年被唤醒的"美学暗流"："Lo-fi得名，首先是与公然背弃现有的力臻完善的制作原则有关，也不讲究公认或习惯的音乐'美'……它偏爱廉价的吉他和怪叫的音箱安于最为'低贱'的音质，它奉行不和谐与支离破碎的原则，而它用以践行这种原则的则是极尽古怪、殚精竭虑的标题和拼贴得毫无条理可言的歌词。"

如果从文字形式上说,陈灭前两本诗集的诗并不符合上述定义,他修辞严谨,精致的文本并不Lo-fi——虽然也不讲究习惯的"美"。但其诗中情绪上、书写对象的选择上的确出现了"不和谐",我们从中能看到一个孤介,甚至有些颓废的诗人形象,偏好一切消逝中或已经永不再的事物。这里面我们可以挑选出陈灭的两个关键词进行追溯:"少年"和"80年代"(80年代也就是诗人的少年时代)。"少年"意象和"学生"、"同学"意象在其诗中比比皆是,但多倾向悲哀、失落甚至死亡的场景,决非"同学少年多不贱"的意气。陈灭无限缅怀他的也许只存在于臆想中的同学,就像电影《牯岭街少年杀人事件》监狱外的"小猫王"想念狱中的小四一样,所能做的只能是"以爱以莫名的憎恨去歌颂/一个美丽却无法改变的世界"(《牯岭街少年杀人事件》),诗句里交叉出现的正负修辞传达出少年/作者巨大的彷徨。这种"正负修辞"是我的命名,日后反复出现在陈灭的诗中,成为其语言一大魅力,表面"毫无条理",实则是一种无理的辩证,以反抗文字、事物之固定面目来发人深省。

陈灭对少年时代的迷恋源于80年代对他的意义:一个火热年代刚刚过去,人们尚能追及理想主义的余波,但巨大的市场时代走向完全成熟。一代人所拥有的少年气质即将被替换成现实社会所需要的中年世故。陈灭那些书写80年代少年的诗歌同时也是在反抗中年,反抗全球化泛滥的90年代。80年代作为一个过渡期出现在他的诗中,也具有正负修辞:"可以在轻快、振奋的声响中睡去/在暗沉、不安的歌声中醒过来/一切警世、震怒的言语在无望之中/隐没前倾听……歌手力竭地唱出激烈言词/谈论爱与大时代,但观众开始沉睡……回到过时的八十年代去睡一觉/回到震耳的、Gothic式的八十年代去醒觉过来"(《Gothic》),这里面还涉及关于语调与其作用之间的辩驳:如果我们声言反抗,光是激烈言词有用吗?还是Gothic式音乐的"暗沉、不安"更能让人冷静清醒?陈灭选择了后者。

清醒所带来的真相,并非每个理想主义者都能够直面。出自知识分子的怀疑精神,陈灭在面对巨大的黑暗真相时并不掩饰自己的绝望,例如在2001年创作的《看不见的生长》,题目寄予希望,内文亦以来自底层的诗人阿蓝数十年的坚持写作和窗外看不见的自然生长来论证、说服自己和读者,结尾却突然压抑灰暗,表露生自真实的绝望:"写实的凝结不动,看不见的兀自生长//改造世界的每刻。或者可以放下疑虑/尽管引擎的声音比一切低沉,并没有说出/它暗中的沮丧,抑制毁灭的愤怒/可以想象成巨大的摇滚。"这里的力量来自阿蓝的创作行为本身,沮丧却来自这创作行为未能取得社会作用、改变阿蓝和他书写的底层人民的生活,使作为知识分子的陈灭最后心存犹豫:"我只是惊惶的鸟群/在转弯一刻,携带生自内心的阴暗/离开电线向着灰茫飞去"。回看陈灭1996年创作的《九巴士七》也是犹豫的,结尾挣扎着唱出的国际歌几乎和日常生活的失败无涉,而且唱完"英特纳雄耐尔"之后戛然而止,没有下一句"就一定会实现"了。

但唱出国际歌和把低沉的民谣"想象成巨大的摇滚",这本身就是通过"Lo-fi"中的拒绝主流的精神重获70年代反抗精神的开始,"Lo-fi"音乐中无论民间的Daniel Johnson还是著名的R.E.M.都经历了从民谣走向摇滚的阶段,后者喃喃低语中无可辩驳的执著力量和陈灭后来的诗相似。诗人清醒以后不是走进虚无的新犬儒主义闭门自哀自乐,而是把以前以抵御姿态存在的反抗发展到主动出击、"发声的需要"终于变成发声本身。

这跟进入21世纪以来香港政经、社会风气等各方面的倒退紧密相关,这一切都发生在今日之香港,令诗人震怒,"不在沉默中爆发,就在沉默中灭亡"。从2003年开始,陈灭书写了更多直接针对现实的诗篇,反抗,从一种姿态渐渐发展成特殊的战斗。

第一首成熟的这类诗篇,是《强迫性购物症》,诗人把对资本主义的批判直接切向对前者得以成立的依据消费行为的批判,但他并没有讽刺挖苦消费者,反复出现的"淘出所有的没有,却仍是有/亏空了世界还要向世界追讨"精彩之极,"淘"字既指向卖者的贪婪(如报章形容创业者"淘第一桶金"),也指向买者的贪婪(新消费时代,购物被形容为"淘宝",而不是发自生存需要),陈灭擅长的正负修辞又发挥其魅力,"亏空"同时"追讨"这个世界的,是悬挂在买者和卖者双方上面的所谓"市场规律",它加速买卖,以维持资本主义的疯狂运转。

陈灭的沉默气质仍然决定了他的语调和态度倾向悲观,即使是题目凶猛的《市场,去死吧!》中,他也能突然收住愤怒反省自身:"谁人忽然晓得了愤怒／转眼又被愤怒的对象驯服",并且充分指出反抗对象的复杂性:"市场,去死吧!／但市场把去死又附送两倍优惠回赠给你",一般意义的反抗(怒骂)在后现代社会中被反抗对象戏弄至荒谬,让我们意识到仅仅是愤怒是不够的。

他的悲观提供反抗者一份清醒剂,这清醒还来自对进行时的现实／历史的审视,陈灭前两年有三个系列的诗颇引人注目:"七一"系列、"回归十年纪念"系列、"垃圾"系列。前两者是相关的,批判指向城市时观念过重反不如指向自身更加直接有力:"时代不压迫是我们强迫自己平庸／如果七一像森林可以燃烧,我们却已湿透／烧不着"(《七一狂歌》),现实的七一游行和回归十年不过是一个背景,重要的还是自身的决断。"垃圾"诗和他的"酒徒"、"赌徒"诗实为一体,前者是被弃后者是自弃,来自夜:"夜的意义原来不是美丽和反抗／而是叫人认清反抗的徒然、美的沦亡／叫成品用上班、归家、就范的方式／像垃圾以堆在路边的方式,来成为垃圾"(《垃圾的起源》),弃绝貌似一种反抗的形式,但本质上是被反抗对象的帮凶,所以也远远不够。

但作为一种直接抗争方式出现的保育运动给陈灭带来一种新的振

奋,保育运动就是一种进行时的现实和历史之间的互动、互相帮助,运动也给这几年香港的文化界带来冲击和帮助——不少人从中找到抗争下去的理由,比如前文提到的诗人芜露。除了2007年写皇后码头的《废墟码头》,陈灭2004年写的"湾仔老街"系列直接和近年的湾仔民间保育运动有关,陈灭曾经以怀旧著称,但近年他如此反思怀旧:"怀旧有时作为针对当下现实的反抗,有时只是一种个人的沉溺,尤其当旧物的外壳剥落了壁烬,露出那已经锈蚀不堪的记忆。"即使在那些不可避免和怀旧有关的保育诗里,他也出现了新的态度:"看见了蓝色的肖像/我们边走边绘画/包扎着耳朵的街道/一步一步自画出狷狂"(《湾仔老街之一》)。《论语·子路》:"狂者进取,狷者有所不为也","狷"乃指洁身自好,不肯同流合污。陈灭从湾仔蓝屋联想到梵高包扎着伤耳的自画像的蓝色,再想到梵高的特立独行乃至旁人不解的"疯狂",最后他也选择了这样的反抗态度:"狷狂"——拒绝同时进取,这态度渐渐渗进其此后的写作中,虽然不是来得狂风骤雨,但却带来决定性的转变。

从沉默的抵御到带着悲观的狷狂,陈灭对诗歌反抗的思考从来不是单面的,陈灭的自我辩论一直继续着,带给我们一个苦苦思索的知识分子的答案,也许没有越辩越明,但这种思索行为本身就带给我们更多的启迪:关于反抗该如何在一个更深的层次持续。

此时此地的反抗

  无论是蔡炎培的狂言和守真,还是陈灭的辩证、清醒、进取,都是立足于诗歌所对应的"此时此地"的一种反抗策略,"此时"曾经是他们诗歌写作或怀缅的60年代、70年代、80年代……但又都汇聚到今天的香港"此地"。这些诗歌,在激烈理想主义饱受质疑的当今世代,不失为一些言之有物的举证——这两位诗人并不乐观积极于未来愿景,因为这不是一个需要乌托邦的时代,乌托邦只是永远的"彼时彼地",且正如历史学家拉塞尔·雅克比所言:"替未来设计公用厨房的积极的蓝图派乌托邦传统已经衰退了。它已经遭遇了太多逆转;遭到了太多历史的侵蚀;而且其想象资源已经枯竭。" 他们的反抗并不诉诸一个可预见的未来,更多的是为现在而还原历史的侵蚀、从语言上填补想象力的资源,其实这也是每一个诗人所可以做的,一种最低限度的反抗,一个可供出发的地点。

  在众声同沦的时代,选择一种写作方法就是树立一种态度。实际上,香港诗歌的希望甚至寄托文中两位诗人之后的世代,后九七之后,还有后千年、后奥运等界限——同时也是转机的出现,在一种新的虚无中开始写作的新诗人,如何在彷徨与呐喊的二分中更觅蹊径?"摩罗诗人"中包含的意义,实际上获得了更多的可能性,可供突围与耕耘。

和李照兴一起看戏

"遥远"的2005年一个夏夜,我和李照兴最后一次在后海喝酒,醉了就唱歌,唱的却是更遥远的Beyond和达明。不是因为乡愁,我跟他说我要离开北京返回香港了,他说:"好啊,我来接着记录这个波希米亚北京。"不久我真的走了,他也没有在此长留,我们还是满中国乱走,常常找借口回到北京,常常忍不住作些"遗老"之叹——或者是对一个消逝中的中国的"黍离之悲"。李照兴的新书叫做《潮爆中国》,的确,现在这个中国这么"潮","潮到爆",所以它一定不知不觉爆烂了很多东西,我们所珍重的东西。

事实上,李照兴比我更早接触中国之变,八九十年代他就是一个普通话不灵光的神州漫游者,结交崔健、刘元等当时的音乐先锋,以神秘的眼神交流。也许因为语言的关系,更因为身上有更丰富的"香港传统",他作为旁观者的身份一直保持得很好,这使得他悠游从容地穿州过省、出入各种文化/非文化场景而自如,他总是站在沸腾的火锅旁拈一盅小酒小小地笑着——这既是李照兴的现实形象,也是他的象征形象。他比我冷静,更适合做大时代的笔录见证工作,他还可以为时代的活剧幽幽地添上一两句警句式的旁白画外音;而我,总是控制不住自

李照兴和香港导演张伟雄在北京街头

己,冲进剧情中去。

李照兴选择的这种姿态有点本雅明的作派,于是他的中国观察笔记充满了好奇心同时又带着目录学家的一板一眼、巨细无遗。他身上残存的香港"Can do"精神迫使他对中国的所有领域发言,但他向往的巴黎名士风更迫使他对这些领域都保持一种超然,而摩羯座(很巧,他和我是同月同日生人)的性格又使他无法彻底超然——摩羯座人总会有一些立场、癖好放不开的,只是他不告诉你而已。

在我们摩羯座的守恒不变外面,却是世界、中国的面貌迅速的更替,于是我们以摩羯座的敬业精神强迫自己兢兢业业地追赶世界的脚步——幸好,我们不忘调侃这一切的"新鲜"。重看李照兴这一批文章,它们更新着我的中国记忆,但同时我又知道:这一切在写下的同时就已经过时!因为中国的车轮转得太快了。既然如此,我们还为什么要记录呢?其实所有的文化观察都是虚构都市的地质学,为满足我们的癖好而存在——我们不是在关注城市们的赛马,我们是在欣赏骑师和观众们奇异的服饰,还有遍地"潮爆"了的烟花纸屑,那是一个多么奇妙的图景啊,就像30年代表现主义电影中种种莫名其妙的细节。

有人自豪地说,中国现在就是一场大戏,而我们"甘做神州袖手人",游荡在片场左看看右看看。"黑夜给了我一双黑色的眼睛,一只用来寻找光明,一只用来翻白眼"——这是我今天看到的最有创意的一句话,改自顾城的名言,极其幽默地概括了我们"这一代""知识分子"今天看戏时哭笑不得的处境。像李照兴这么悠然的人,面对如今乱象,有时候都耐不住性子有时讽刺、有时怒骂一句。还好,我们都见过点世面,所以翻白眼不是气的,仅仅是代表我们不想青眼看这世界罢了。

对劳动与公共空间的珍视：谢至德的记录

这个世界制约了劳动本身原始的美，却逼发出另一种美学，混杂着邪恶、矛盾和虚无的美学。摄影作为一种貌似客观的载体，在参与建设这种荒谬的美学的同时，也在拆解着它，我们很高兴看到后者的力量渐大。

最新一期在香港出版的纪实摄影刊物《CAN》的主题为"劳动情景"，包括"劳动，以及劳动周边的世界"。"劳动情景"的主要内容是香港著名纪实摄影师谢至德历时五年拍摄的"中国大工厂系列"，篇幅超过50页，以一种前所未有的反思角度审视"工人阶级"其概念及处境在有中国特色的经济结构中的新变，其中包括珠三角工人遭遇的"时尚"冲击，以及北京时尚界的"工人"（包括编辑、模特等）们的肖像。谢至德的镜头日益冷静，但又按捺不住甚至下意识地应和了被摄对象的骚动，两者相遇使空旷的画框里充满能量。

第三世界沦为加工工厂，是百年前资本共谋的预期效果，而中国成为其中最大者，却有毛遂自荐的积极。这是一场囫囵吞枣般的狂欢，或有苦果，现在已见端倪。与国际资本关注中国劳动力同时，许多外国的

反高铁期间谢至德拿着老相机到处给抗议者拍照

梁文道在皇后码头现场作街头演说

后工业摄影家也看中了这个庞大的题材，著名的几位众所周知，其实大多是换个形式讲述"中国威胁"这个童话，误读重重；而使用20世纪初档案式记录摄影的后果，无意应和了50年代中国的螺丝钉价值观。劳动者这最基本元素，在劳动神话中却被降到最低处。对中国工厂特殊形式的审美化注视，也使其更特殊的本质受到忽略。

但在谢至德这个"中国大工厂系列"中，我发现了许多不曾为国内外摄影者注意的角度，展现着中国命运之一隅，这一隅饱含了关乎全体的隐喻。这里面没有劳工惨况也没有工业礼赞，有的是最平视的态度以及迂回进入劳动困境中的努力，这不是一个显而易见的困境，里面混杂着希望与绝望，但这里的人，正正处在临界点上。他们在谢至德的镜头中获得的珍视，也应该获得我们的珍视。

"珍视"是谢至德摄影的一个关键词，2009年他除了发表了"中国大工厂系列"，还出版了关于香港皇后码头保护运动的记录摄影集《皇天后土》。古代有惜字亭，庇护一切流离的字和纸，当字和纸变成一座亭的时候，它们又转身来爱惜这个世——这是珍视的意义界。天星、皇后码头、利东街……都曾经是培育过香港创作人文字和音乐、影像的亭子，现在它们消失了，也许是它们衍生的艺术该出来建筑和保卫的时候。在8月1日皇后码头被毁纪念日正式发布的谢至德摄影集《皇天后土》就是最重量级的建筑之一，当天的发布会也是一场盛大的聚会，由当年保护码头的中坚"本土行动"召集，在皇后码头遗址除了有以谢至德、沈嘉豪、柏齐和我的"一人一皇后"流动摄影展展出我们和市民们拍摄的皇后码头影像,还有诗人念诗、行为艺术表演和说故事,仿佛时光倒流,把人们带回码头尚未变成一堆黄泥废墟之前的美好时光。这些时光,恰由谢至德的摄影集做了一个感情充沛又不失理性的保留。

正如梁文道的序言所说:谢至德不是在拍必死的建筑和风景,而是在拍一些"不死"的人。这本摄影集的重心明显是在参与保卫码头的人身上,一张张正视被摄者尊严的4×5大照片,旁边是他们的独白:"皇后码头最美一刻是什么?"而环绕他们前后,皇后码头那些朴素的柱子、横栏,结构出一个开放又安稳的所在,他们一起告诉我们:世界是为每一个普通人而创造的,公共空间给予人"家"的感觉是一年一年点点滴滴累积而成的,绝非耗资千万编造的山寨版空间所能取代。这个道理,应该是已逝的码头给我们最宝贵的礼物。

迷你噪音：社运音乐可以多美丽？

如果以为社运就是喊口号、占马路，十年前出现的"噪音合作社"改变了这个成见，他们给香港草根社运带来了更多的旋律和节奏；十年后，"噪音合作社"的同生体"迷你噪音"把这些抗争声音更推进一步，让它们成为更独立的音乐，更动听，却没有因此失去它的力量，反而让音乐或社运的清教徒感受到，原来美丽与愤怒、爱与抗争是可以相辅相承的。

"迷你噪音"一行出现在深圳郊外横岗工业村时，他们背着成套的摇滚乐器，貌似和四周的厂房、密匝匝的小摊、食店格格不入，但是他们脸上自如的笑容又仿佛与这里一般的劳动者那种乐天笑容呼应。他们在一个打工者的民间"俱乐部"摆开他们的架子鼓、调音台、麦克风，随着暮色染蓝了工业区，工人们、做小买卖的、小区里的老人小孩……陆续迈着疲惫或者兴奋的脚步聚拢而来，鼓声已经渐渐加强，手风琴也拉出蜿蜒的旋律，听众很快挤满了房子然后站满了一边的街道，随着木吉他沥沥连音也加入，闭上眼睛呼吸这周围劳动者的汗味，身体随着音乐摇摆，一刹那有置身古巴哈瓦那老街区感觉。

我想，这里的听众有一半是知道"迷你噪音"的主唱Billy的，因为他曾经多次来到这里开设音乐工作坊，教给工人一些基本的吉他和演唱、创作知识，学员们也因为他知道了"噪音合作社"和香港的一些社运抗争情况——这无疑拉紧了当地打工者和香港的距离，让他们知道香港不是只有大老板，也有许多和他们一样忍受不公现状直至无法忍受而站出来的草根民众。然而今晚，还有一半人吧，是被Edmund Leung的鼓声、阿斌的手风琴、陈伟发的吉他、贝斯甚至黄仁逵的ukulele——所有人都不认识然而觉得最可爱的乐器——所组成的音乐河流吸引而来的。

音乐之为"乐"，此刻发挥着它最原始的魅力，这五个人的源流各异，Edmund Leung是原著名地下乐队Huh!?的核心成员，风格迷幻，比Indie Music更实验一些；陈伟发则是香港实验音乐的先行者之一了，近年一直参与许多实验剧场的配乐，音乐也在戏剧性与即兴爆发之间挪移；刘子斌的手风琴从俄罗斯的沉郁到阿根廷的悠然、交错出香港岛屿味道的流离感；黄仁逵——阿鬼不用介绍了，他的画里纵横开阖的气度融到音乐里变成疏放和自由的跌宕。而这一切又被Billy极具诗意的唱词连接起来——这种诗意不是弥漫在我们熟悉的流行歌中肤浅的商业浪漫主义诗意，也不是那些有赤裸裸宣传、鼓动诉求的社会歌曲中同样简单的"革命浪漫主义"诗意，而是有疼痛有快乐有爱有恨的来自复杂现实的诗意，如果强要名之，它更像是承接于聂鲁达的情歌。

的确，社运需要情歌，毋宁说：是一种爱情的感觉使我们站到一起来为所爱的人发声歌唱。革命与爱情从来纠缠不清，何不在音乐中为之畅快正名？"草根"的噪音合作社与"全明星级"的迷你噪音的交集不止是Billy这个人，更是在持续的抗争中对爱的信赖。在噪音合作社的单纯和直接唱游中，爱与抗争有着质朴的力量；而在迷你噪音明显丰富得多的音乐元素的渲染中，爱与抗争都得到了更多的诠释。作为对两者都相当了解的我这个"资深听众"，我两者都喜欢和接受，噪音合作社是街头战歌、迷你噪音是内心游行，两者激荡出一个有血有肉的城市"游击队员"形象——左手是作为武器的吉他，右手是一本聂鲁达。

> 在种种驱赶离场　新闻遗忘
> 声音沉落　像细小石头掉进海
> 让我可倚肩垂泪　一杯凉茶
> 相拥沉默已经足够

社运暂时休息的时候，我们都需要爱我们的人的一点安慰和鼓励，《拥抱》这首歌感动过香港的保育战士，也感动了深圳炎热夏夜疲累的工人们。《爱的征战》、《从前，以后》带来的激愤，《劳动者灵歌》带来的悲壮，此刻融进一片美丽的静默中，而在静默中，激愤和悲壮得到细细咀嚼，而非单纯的发泄。这时回过头听《多么美好》，既可以继续反思歌词中对逃避现实者的微妙反讽，但也可以从音乐中感叹：仍然有美丽的事物如空气中跳动的声音教我们紧紧相依。

一曲永恒的《Bella Ciao（游击队员之歌）》把气氛拉到高潮，我们不要忘记Bella是爱人、美丽的人的意思，不要忘记Ciao既是再见也是惊喜的一声"你好"呢。会唱歌和弹吉他的工人们也陆续加入，演唱他们自己的歌甚至是改编的国内流行歌，这些原本商业化的流行歌在一个质朴的工人口中淋漓唱出的时候，竟然脱胎换骨回到了那些"情"和"爱"的原始意义里去，因为这些意象和声音，本来就来源于和《诗经》一样古远一样自然的草根。

第四部分：
和幽灵一起的香港漫游

你也曾经是赶路的信使
一路上和自己的寂寞辩驳
以至无语，信已经封缄
盖着时代火红的大印
实在无法让你说得更多
你的马也不是不知疲倦的罗西南德。

谁在卧听海涛闲话
空置的、人的家室中松针落下
夜气清明，全世界却都撤离
泳滩上闪着磷光
老鱼吹浪如像地图上所绘那样
远处空出了救生员的位置。

听得白驹荣《客途秋恨》

那美老年长腔长是不断，
似是夜也不断，那桐叶
似也相继败落我那风尘
脚边。从晚清到新中国
他一直是旧的、沉醉的，
在好风光里伤心；而我
硬是想从穷途拉出荒腔，
伴奏日少，一笔坏山水
成了债帐，伤心成铁心。
我的那个中国在上面磨
只剩得一些枯笔墨，你
又怎堪敷色？费十余年
在尘世，抛缠头、掷花
为那时尚工厂隆隆，看
秋叶行囊，一具美娇躯
还在消防塔里拴着辗转。
我那一个中国已经注定

走过中环地铁站的老派香港人

卖作戏剧中那一个中国。
若闻道是凉风有讯,我
便抖开一身旧路来接纳。
他近乎微笑,摇扇独白:
"无奈见得枫林月色昏"
在我昂首阔步的好世界,
化白狐灿舌,靓鬼成仙。

2004.1.27

男烧衣[1]

烧我罢。善男子
老成了一座新城。
立炉旁看珠片忽闪
他引火于悲喜间,
火炉边来往如无常。
——万般问,都是恨
走过俏警、议员、刀马旦
全不是旧情人。
竹架纷崩,世界如纸扎,
老城纷崩,你的心是卅间[2]
石头滚滚犹如肜云。
剪纸风中,无意剪断
了似断未断曲絮
落于士丹顿。
炽热街道本是水面泛涟纹
黯淡了佳境、良辰

拨火[3]，本是火狱里人。

年年岁岁，鬼王依谁模样生？

怕是我无头无身一套锦绣衫。

此夜讴哑曲终荡起了穷饿风

荡走玲珑一舟

火星升腾高过中环海旁金银。

喃呒佬[4]烧他成灰烬，却话：

"烧到拣妆一个照妹孤魂……"

2007.9.12

注：

1.《男烧衣》，南粤地水南音著名曲目，内容为痴情男子祭奠自杀的妓女。诗中引号内为其中唱词。

2.卅间，香港地名，近士丹顿街，曾有石屋三十间，故名。每年秋都有"盂兰盛会"，烧纸扎衣冠、鬼王等祭奠游魂孤鬼。

3.拨火，"盂兰盛会"有一中年男子专事火炉旁拨火扫烬等，为本诗主角。

4.喃呒佬，做水陆法会的道士俗称。

女烧衣[1]

烧我罢。这琳琅戏台散

于东涌[2]湾畔方寸，

明天便风吹雨打如附荐灯。

昨夜笑靥藏花，难窥妆，他却探头望，

隔海是新机场，我无法寄走

一身千万相。

夜火烧草，白甲王枪拨连营终走远……

白鸟啼处河谷深……

那戏子头上凤冠未除，雨中拾得苹花闻，

我单衣湿透，月下寒袖

看一海的灯火摇荡，天地归于一个小渔村，

有人撕扇，有人掀帘，有人画柳暗花明，

统统都是明天付诸一炬的好布景。

她却探头望，自景中。怀中取出一小镜，

"你看，你看，"一幕后，轰隆隆封相又唱

红衫郎换了青衫，还是旧时妆。

待我搬石头来、拿火镰来，海水上搭一灵台，

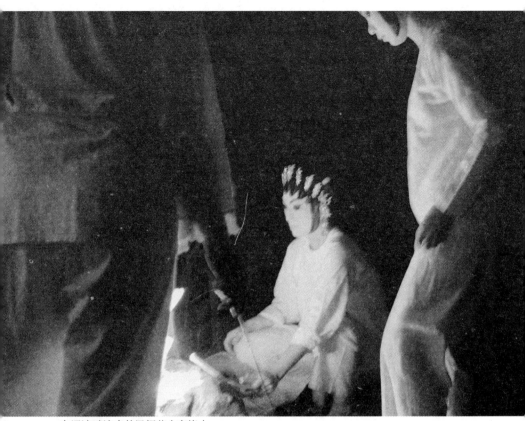
东涌湾畔演出的民间艺人在烤火

飞机起落、你的好世界还在。

这赤条条干净身、悲伤世界还在。

2007.10.2

注：

1.《女烧衣》，又名"老举问米"，南粤地水南音著名曲目，现仅存杜焕录音。亦有木鱼书《女烧衣青兰附荐》歌词存留，内容为痴情妓女祭奠情人，本诗倾向后者。

2.东涌，位于香港大屿山岛北面，与香港机场相邻，海边建有侯王庙，每年农历八月侯王宝诞均露天搭戏台唱戏五天五夜。

薄扶林道,寻林泉居[1]
——致戴望舒

我用了一个小时在浦飞路、士美非路
寻找你的踪迹,甚至向猫问路。
而你就一直在我身边默默地走
仿佛在听着雨的电台。

上坡、下坡,我只好一路向你解释
用这苦雨断续的频率:
我也有寂静的窗台和几架书
在另一个岛屿,也有一个美丽的妻子。

而现在,我们远离了这一切和我们的时代,
打着伞,踩着遍地的影树的影、
玉兰树的落英;乌云在摩星岭上聚散,
等车的人和睡觉的猫微笑隐进了水雾里。

漫漫无尽的苦路——薄扶林,日薄

凫归于林，没有此起彼落的唤友之声，
我们又重走你走过一千遍的老路，
微雨似乎在擦亮你黯黄的烟斗。

"过了桥，""没有桥，"走下几百的石阶，"
没有石阶。但流水总是熟悉的吧！
当我抬头看见石板上"林泉"二字，
雨突然又下得呼吸困难。

密集如七十年前的子弹，这废屋也不能暂避，
山涧汹涌仿佛要给我倾出他的全部，
雨也倾出了全部的话语，
仿佛是一个和一千个幽灵在争相倾诉。

一个工人冒着雨推门出去了，
一个女孩走进来，打开电闸，二楼就亮了一扇窗。
我站在山坡上俯瞰他们，极力看得眼睛发痛，
是酸雨渗进了我的眼膜。

但是什么随着山风，扬上了合欢树的树梢？
是什么随着惊鸟，啼鸣远离着陆沉的小岛？
园子前面的一片海，迎送过多少人的魂梦？

郁郁的雷声，是盛世还是衰竭的礼炮？

"在迢遥的阳光下，也有璀璨的园林吗？"
只是手上没有表，算不出暴雨的速度。
烈火打扫着天南地北的房屋，伶仃洋
另一个花园外，你探首空想着天外的主人。

我寂静如一条被雨冲散了气味的狗。

2008.6.18

注：

1."林泉居"是戴望舒1938年来香港后居住的地方，位于港岛薄扶林道92a-92c，蒲飞路附近。

圣士提反女校花园:萧红藏骨灰地[1]

凤凰木、棕榈木,群树在晌午
骤然静了。你却纷至沓来
在铜锁的中心、炮火烫透喉管
的中心。

光束在最后一刻叫你抓紧,
过路人鸣钟。泥土在黑影中涌动,
而夜复一夜,死神成为大师,
花园叶腐叶生。

收获季来得迅猛,雨突然向天回升。
乱军如幻影:少女们的青衫
溅染了废园里湝湝的血。

贺年烟花过后的维多利亚港上空

海和天用伤口接壤，寂止的白云

竟也是不甘之眼。群树留住一只鸟，

雨突然下得呼吸困难。

2008.6.15

注：

1.萧红1942年1月22日死于香港圣士提反女校临时医院，一半骨灰亦埋于此。萧红遗言："半生尽遭白眼冷遇……身先死，不甘，不甘。"

海滨墓园（三首）
——为萧红、戴望舒、张爱玲的浅水湾而作

曾经的墓前：萧红[1]

丽都酒店门前北行一百七十步

转身向南，我短暂的安息处

夜仍继续着夜，太阳也继续每日

从涵蕴着死之繁种的海上升出

鸟翅初举，轻理毛羽

而我已不说话。

暴风是否也继续着暴风？

已经不再把我打扰

孩子们坐在深深的骨灰之上

听老师讲过去的事情

我衔一枚松子

饶有兴味看这一切。

没有风，烈日翻煎着海滩上

彼此陌生的情人们

我也终于看见情人尽荒凉

灰发自轻扬

海深处万物竞生

丽都酒店反复成为新的工场。

工场内建筑工人午休

致电与他天水围的妻儿们

今天是怎样的午餐

树影儿是否遮过了晒衣的窗栏

我在细沙上写下又抹去这闲话

天边外，野鸽飞不到呼兰。

那里有我纯白的塑像

如用黑瓶子里半满的骨灰堆成

细沙流过铁路桥和教堂

坚硬不同这里，暮色封锁的海和天

黎明时流连的人影已经不见——

这里有一束红山茶。

倾城之恋的舞台：张爱玲

野火花为严冬而烧
春天拥挤的尽是亡灵
她偷了明月的残光下山去后
浅水湾酒店²死了多少男女
他们在遗忘的锦灰堆中交媾
脸上满是皎如珠玉的微笑。

这些瓦砾似的婚姻是昂贵的
无论是今天，还是战时
她抱紧的一瓶牛乳也是昂贵的
刺激了多少临终之眼
在临时医院，当她凌晨惊醒
才发觉抱紧的是无用的助产钳。

像浅水湾酒店的波斯挂毯
风儿钻过它被流弹击穿的孔眼
青黄的山麓缓缓地暗了下来
不是因为风吹着树
也不是云影飘移着无数
而是她突然看不清楚这小路。

二十二岁,香港沦陷,她已老
拿起笔就已经老成了
辗转洛杉矶汽车旅馆间的老妇
空幻中捉虱的孤独
其实等同于野火花下互相驱蚊一梦
又是多少都市倾覆换得。

如今这树重又唤成影树
继续为无情的过客而扶疏
只有她的鬼魂不再回来这里
借口是这里有过最圆满的结局
那堵极高极高的墙深夜里还能看见
风没有因为月光变成蟠龙。

萧红墓畔的守夜:戴望舒[3]

走六小时寂寞的长途
这里适合做你的墓地
你是羞涩的逝者
战争没有了,怨恨没有了
连写一首四行诗的字词都没有了

你来到这里坐下,像一把烟斗。

夜气混凝,全世界都来到这里
成为黑夜的一部分
你坐在其中,因为一束红山茶
而成为了黑夜的中心
短暂地成为了黑夜的中心
像徒步穿越十九世纪的荷尔德林。

你也曾经是赶路的信使
一路上和自己的寂寞辩驳
以至无语,信已经封缄
盖着时代火红的大印
实在无法让你说得更多
你的马也不是不知疲倦的罗西南德。

谁在卧听海涛闲话
空置的、人的家室中松针落下
夜气清明,全世界却都撤离
泳滩上闪着磷光
老鱼吹浪如像地图上所绘那样
远处空出了救生员的位置。

你来到这里坐下,像一把烟斗
连写一首四行诗的字词都没有了
战争没有了,怨恨没有了
你是羞涩的逝者
这里适合做你的墓地
走六小时寂寞的长途。

2008.6.21

注:

1.萧红一半的骨灰曾埋于浅水湾丽都花园海滨,至1957年迁葬广州。

2.张爱玲《倾城之恋》部分故事发生背景为原浅水湾酒店。

3.戴望舒1944年曾往浅水湾扫萧红墓,写下著名的《萧红墓畔口占》。

春夜慢
——兼怀张国荣

总是那么迟来到,春夜风在呼噜,
政客在呼噜。一树树肺叶已经干枯。

总是那么迟来到,那死去二十天
的歌声,再细嚼我们的耳朵。

那个永远赶着路的书生,
曾是牡丹缠蛇,现在是红水拍土。

速度正放慢,少女正潜入
一具锈出雾来的身体。

今天,一把文武刀伤了我,
血,慢了,半拍。一些细菌
在政治的伤口中突然变成了不存在。

电车上凝望雨滴的男孩

断断,续续,雨水画着花脸下台。
此岸的病已经遥远,无碍他清白。

断断,续续,雨水画着花脸下台。
风鼓起了大纸灯笼,现在寂静的街
繁花明亮如昼(摘取吧,这醉人的春夜,
这困难的春夜,我们的性已经过消毒)。

2003.4.21

雾中作

维多利亚港的雾已经含混近乎谣言,
吞吐大荒,但船仍在来往,
拖船、渡轮、豪华游船、驳船、渔舟,
都是海底入睡的淤泥大王吐出的点点逗号,
雾匍匐着爬过海面,和小浪花缱绻
轻轻地又交换了舞伴,微笑着
微笑又漠然,爬上潮湿的金紫荆广场,
舌头伸进了游人嘴,手探进了其裤腰,
雾沿着海堤搂紧了中银大厦、国际金融中心等等,
他的脸蹭着香港的重重黑幕、隔夜茶色玻璃,
闪着一个个媚眼,他闪过湾仔运动场
恨恨地绕了一圈一圈,巨大的沉默在将他抵挡,
我几乎听到他因为失恋而哭,
人民不爱他,我也不爱他,
但我在新鸿基中心三十三楼空空的办公室里召唤他,
过来,过来,我的心能容下这一场毒雾,
我仿佛听见每一个绝望的人也都这样召唤。

有人在火焰里捉迷藏

有人在黑暗中求光明[1]；

有人擎花走，走进尼姑庵；

有人昨夜渡轮上，看骤雨海面上升腾；

有人转工转车，频频更换证件相；

有人把旧铜像磨出了光；

有人掀起一段铁路寻找一粒草芥；

有人在红布包上画脸，星星点点；

有人深呼吸，被大雾淹毙；

有人倾囊而出，放烟花丛丛；

有人乘兴游山从此不见；

有人垂钓，因为一个梦而升官；

有人赤条条来去，大雪落满身；

有人捕获了雷公打算作为佳肴；

有人兴建了乐园，表演舔刀刃；

有人下煤窑四个月，得小说一篇；

有人要在临汾兴建天安门；

有人甘掏五万与施瓦辛格进餐；

一场荒诞戏剧的结尾

有人为艺术隆胸并拒绝富商出价五百万；

有人戴黑纱到政府总部上班；

有人把自己当飞机把蝴蝶结当螺旋桨；

有人摸黑抡斧，不惜自伤；

有人昼闯银行，得锈镜一枚；

有人恩爱后翻脸，出示警官证；

有人瞎眼攀上通天藤；

有人在暴雨中酌酒独饮；

有人辞官归故里；

有人漏夜赶科场；

有人，在火焰里捉迷藏，

全都，在火焰里捉迷藏，

一个兵、一个贼，一个贼、一个兵……

梦里不知风吹血，醒来方觉枭噬心。

2005.11.15

注：

1."有人在黑暗中求光明，有人在火焰里捉迷藏"是电影《危楼春晓》中的唱词。

写完一首反战诗走出家门

写完一首反战诗走出家门,
正午,阳光仿佛巨轮停泊,然而乘客全无。
云团仿佛兵团——停泊凤凰山、阴雨山上。

这是七月的怨灵,本应在地中海边上
咀嚼微甜草根的;现在和阳光纠缠着
来到我被炸开的天空。

寂静密集爆破,耳膜和蟋蟀同时感到
它们轻轻一跳便是天国。
死者何在?我刚写完一首挽歌。

我出门迎接的既是我的新娘也是弹雨;
我们中午喝的既是喜酒也是苦艾;
我们穿过的既是东涌也是逃往塞浦路斯的路。

我们和异族的鬼做爱,仿佛伊凡在照明弹下渡河,

在冰冷的水汽中摸着了亡友的骨骸，

这是他的手指他的手肘他星光四散的头颅。

2006.7.23－8.1

风中作

清晨我离开温暖被窝，出门去看风中世界，
风中刀剑乱闪，拆散了金银的戏台。
头上一尺的神明支离破碎，
下界的诸神却修车、洗地、带小孩上学去……

我不知该跟从哪一位？我点着蜡烛
走进风的胡须林，姿势像技艺高超的泳客
一口口吃进焦灼的海水。风在悲鸣，
无法清扫这怀抱着黑暗垃圾大笑的世界。

古代也有风，剑侠在马背上斩风；
史前也有风，喝酒者在龟壳下活过了千年。
他们的骸骨现在都堆积如一个精致的小亭
临风空畅，低头看影时落入海中。

我知道风是在什么时候开始猛烈的，
在人们归家的时候，风把电视上的美景
卷作一堆雪花，把新闻报道员的话：
"昨天，以色列……"卷成了四散的人头珠串。

我知道这世界如今也玲珑如珍珠项链，
我是末端一个兀自转动的象牙球，分了十八层。
在黎巴嫩的死者之屋，废墟也因风而晶莹，
我转动着滚过，如一吨闪电，释放出怪烟。

世界也因风的书写重新回到五十年前战场，
世界修改、修改自身，颜色比照出光
——这是我不能理喻的光，如大笑熄灭
熄灭我在轰鸣中摸索寂静的嘴唇。

当我试图说出冰、封存冰，为了
下一轮的太平盛世。我看见狂风中颠簸着
雅利安的神、闪米特的神、阿拉伯的神，
他们大醉一团；我却封存了蜂拥的细菌作纪念。

我回到我黎巴嫩的死者之屋、爱斯基摩的雪屋、
挪威峡谷中红色木屋、山水中青绿亭台。

世界长啸一声骑着龙飞走，

我种下一枚细菌，为了下一轮的莽苍时代。

2006．8．3

雨季三问

我在木栅的友人家看台北的山浮沉，
回来香港继续看大屿山浮沉，
——两地友人雨，谁愿意负责？
女人的肚腹，俄顷新雪。

俄顷已暝。一条墨绿色裙。
山河中间一个迷失的偷猎人，
最后在幽暗的池塘边问道于麻风病患。
呵，在乐生疗养院下，我们错过几趟公车？

"因为寒冷而呵气成冰，然后只顾欣赏
冰的形状而忘记了寒冷"——我所愿。
小猫回到屋檐下，雨随即盛大、不息。

木屋中老者，无名体临到第几帖？
"我马玄黄"，我衣且白，我山却湛蓝
有黑的细纹。捕蝶网满房子捕捉光线。

皇后码头歌谣

> 共你凄风苦雨
>
> 共你披星戴月
>
> ——周耀辉《皇后大盗》

那夜我看见一垂钓者把一根白烛
放进码头前深水,给鬼魂们引路。
呜呜,我是一阵风,在此萦绕不肯去。

那夜我看见一弈棋者把棋盘填字,
似是九龙墨迹家谱零碎然而字字天书。
呜呜,我是一阵风,在此萦绕不肯去。

那夜我看见一舞者把一袭白裙
舞成流云,云上有金猴怒目切齿。
吁吁,我是一阵雨,在此淅沥不肯去。

那夜我看见一丧妻者敲盆而歌,

观看"幻彩咏香江"的人

歌声清越仿如四十年前一少年无忌。

吁吁，我是一阵雨，在此淅沥不肯去。

"共你披星戴月……"今夜我在码头烧信，

群魔在都市的千座针尖上升腾，

我共你煮雨焚风，唤一场熔炉中的飞霜。

咄咄，我是一个人，在此咬指、书空。

2007.8.2

回到维园

一年一夕，我回到维园
重新学习我的青春，学嚼槟榔。
当我咀嚼，大雾就从球场上升腾，
便成海，海上人人擎烛，叫我魂。

何年何夕，当我拒绝
明月分光，只是落座在高高灯上蹙眉。
灯下有人为我焚烧另一些名字，
人人便成飞蛾。

他们艰难地飞，绕过白花、黑绸
缠结的树枝，飞过的人说树枝低了
落下的人说树枝在长……
槟榔吐在手上，手是不能换的。

青春刎别，我在维园唱了一出
哪吒戏，红绫既可掀海，亦可收拾骨肉——

我在维园留下我的莲藕身,年年回来煮一盆醒酒汤。

2008.6.5

南昌街街头：致蔡炎培
——记与蔡诗人同游南昌街，觅其旧居

南昌街街头，不是呼兰的河畔，
当年亦有大阴沟，叫人难过。
眼看他起高楼，眼看他楼塌了，
烟花烧了千朵，铸成铁马，依然难过。

当年青衫顽童，六十年后七尺昂藏，
仿佛梦中力士，邀我踩踏云霞。
云霞高到三层唐楼，便被邻家丫头牵着，
叫我们一起难过。

这是当年一个可人儿，
剪云仿佛剪纸花，从阳台上纷洒。
我们是钻雨点的猴儿，黑带九段
却钻不出南昌街街头拦路佛的手指隙。

我只好化身金刚一丈八，

摸那六十年前的好头颅，上有野草青青
淹没我城。那是我们仅有的头颅：
夜来三万六千偈，他日笑杀摘花人。

2006.9.10

查理穿过庙街
——或：我们是不是的士司机？

在阿高家重看了三十年前的反叛电影
《的士司机》。就着血腥和愤怒
喝啤酒。过时的纯洁使我们的欲望变得怀旧，
查理建议我和他到庙街，撇下被爱情光顾的阿高。

这个议题其实早就是我一首诗的预备题目，
但我想写的是《查理穿过鸭寮街》，我想写
他拿起满街的旧相机、旧唱片时的快乐，还有
那些卖旧货的老头们的快乐。我想写，我们未老先衰。

庙街也是一个好题材，那里新东西的残旧
不亚于鸭寮街旧东西的新奇。
查理，和我一样出生于七十年代，却钟情于更早的
六十年代。他甚至跟五十年代也能融为一体：

走到哪里，他就是哪里的奇迹。满街

廉价货涌向我们,琳琅满目的野史、冒险纪和情欲。
《的士司机》的饥饿得由玩具汽车和玩具枪来喂饱,
我们穿过那些镀金的日子,仿佛两个视察农村的领导。

只有不歇的掌声提醒我们注意别的演员,
我们是在钱币的喧哗中谢幕的失业汉。
他一年没画一幅画,只有我还称他为画家,
我指点他观看地摊上层层叠叠的梵·高的翻版。

"勇气毕竟可嘉!"我如此赞叹,
"你还要注意到它们都用了大刀阔斧的油彩。"
其实我还是想为自己寻找安慰。一个个尼泊尔女人
贡献着对麻织品的崇拜;一个个算命先生诅咒我们去死!

他们温厚的脸,他们英勇的眉毛又骗倒了
多少沉醉于厄运的青年。啤酒的麻醉还没消除,
厄运又来缠绕我们的脚:你的脚,牛仔裤绽开了线头;
你的鞋多么肮脏——我的血也不遑多让。

查理的目光只为旧社会所吸引,
但卖家们敲打瓷器或者表盖就能听出
我们空荡的回声。我翻动一件件夏威夷衬衫和异国情侣

——我迫不及待奔向切·格瓦拉的红色胡须!

还是《的士司机》的问题,我们疼痛的手掌
无法把手枪抓得更紧!"你忍心向这些拥有厄运者开枪吗?
你忍心不和他们一起分享厄运吗?"我的后裤兜里
还放着几块崭新的硬币。

不,查理,他的台词应该是这样:"我要赎回
这个世界血淋淋的象征吗?我要赎回
这些面具、礼服、假皮鞋和翻唱CD吗?"我
把一大袋书从左手换到右手,我把思路的死胡同换来换去。

我们沿着庙街一直往前,走到尽头折回来
我才知道我们不是在兜圈子。也不是兜售
自己破旧的记忆。算命先生们,祖国观光客们
遍地的文物应该回归,遍地的安迪·沃霍尔应该升天!

唉,我重看三十年前的朋克司机才知道有一个
妓女一家大团圆的结局。我三十年的愤怒形同虚设,
对着满世界心满意足的杀手们我的血无处发泄。
但查理表示对导演的理解:他可不是查理·卓别林。

难道我们只能思考庙街的布景、光线？
怎么剪接我断落的肋骨？你
等待付款的青春片场？查理明天能挖到他的金矿吗？
我明天能发行我盗版香港的悲剧吗？能不能

回到庙街的入口来。两台戏此起彼伏叫嚣，
老花旦、老乐手们拉扯着六十七年前的琴弦、鼓钹，
把我们的记忆撕碎。最后只剩下鱼蛋档的老板在愤怒，
他愤怒地微笑，嘿！我们就找他来当替身。

查理，保留你的胡子吧，它们揭示了你的真实年岁。
最后，让我们回到庙街的入口来，
在血泊中把手枪藏好。在血泊中有华丽的浪潮，
让我们走。最后，让我们回到庙街的入口来。

2000．5.10

向大屿山致谢

谢谢你,雾

  谢谢你,雾。
  谢谢你,被我们抛弃又抛弃我们的一切。
  东涌的阴雨山,北京的未名湖,青青世界。

  我辨认你,我必须辨认。必须在这一夜
  草船借箭,我的夜行衣破了
  也像一朵花:在烈酒浇奠处怒放。

  我听见雾在吹笛的声音,
  委婉道破光的虚妄——正与绝望相同,
  于是我告别雾,走进光更刺目的六月。

谢谢你,光

谢谢你,光。
每天清晨六点唤醒我,让我窥见
莽林和野海重又把世界占据,天亮后便撤离。

它们预演诗歌的结局,借助光的妙笔,
那绘划鸟声和浪啸的细节的
也绘划着我的身体:仿佛羽蛇在皮肤上舞蹈。

光是我临时的妻子:青色的稻麦——
一轮闪电打扫我四散的文字。
谢谢你,我欢呼着跃出窗户拥抱了无情天地。

谢谢你,风

谢谢你,风。
谢谢你,被我们携带又携带着我们的永远。
你是那永远之物,我潜入又掀起的一张豹皮。

狂奔着的宁静兽,时间因为你陡然耸起,

你仿佛孔子喝醉的七十二个弟子，
鱼贯而入，大声告诉我山岳的秘密。

其实我早已知道我就是山，在风中变幻
一座不动神——不解于尘世一切哀乐事！
哭和笑完全逆风而为！

2007.5.9—5.13